KB000268

사계절 취미 잡화점,
호비클럽으로 오세요

사계절 취미 잡화점,

호비클럽으로 오세요

황지혜 지음

미래의창

프롤로그

사계절 취미 잡화점, 호비클럽이 문을 열었습니다

"취미가 뭐예요?"

취업 면접 때나 새로운 모임에서 서로를 알아갈 때 아니면 자주 듣기 힘든 질문이다. 그래서인지 평상시에 갑자기 이런 질문을 받으면 선뜻 대답하기가 어렵다. 음악 듣기나 독서는 너무 뻔해 보이고, 스노보드 타기도 좋아하긴 하지만 취미라고 하기에는 1년에 한두 번 타러 갈까 말까 하다. 얼마나 자주 해야 취미라고 할 수 있는 거지? 이내 머릿속이 복잡해진다.

그런데 질문을 살짝 비틀어 내게 '좋아하는 게 뭐냐'고 묻는다면 한도 끝도 없이 대답할 수 있다.

"요즘은 테니스에 푹 빠져 있어요. 여름엔 웨이크보드 하고 수상스키, 겨울엔 스노보드 타는 걸 좋아해요. 1년에 한 번이지만 서핑도 빠질 순 없고, 그중에 최고로 좋아하는 건 스노클링이죠. 평소엔 달리기한 뒤 맥주 한 캔 하는 걸 좋아하고, 제철 식재료로 집에서 요리하는 것도 좋아해요. 책 읽고, 노래 듣는 것도 빼놓을 수 없고요. 페스티벌에서 방방 뛰는 것도 좋아하고, 영화도 물론 좋아하죠. 가끔 가는 백패킹도, 여행도 정말 좋아해요."

좋아하는 게 뭐냐는 질문엔 이렇게 줄줄 이야기하면서도 취미가 뭐냐고 물으면 할 말이 없어지는 이유는 뭘까? 왠지 취미라고 부르려면, 백패킹을 너무 좋아해서 주말마다 백패킹에 나서는 우리 엄마처럼, 한 가지 활동에 푹 빠져서 그것만 해야 할 것 같은데, 난 그렇지는 않다. 스노보드는 겨울에 한 번 타는 걸로 족하고, 백패킹도 몇 달에 한 번이면 충분하다. 좋아하는 것들이 이토록 많은데, 내 취미는 '이것'이라고 확신을 가지고 단번에 이야기할 수 없다니. 시간이 비었을 때 고민도 하지 않고 달려갈 만한, 열정을 쏟을 만한 그 '무언가'를 찾고 싶었다.

그래서 사계절 취미 잡화점 '호비클럽'을 열기로 했다. 취미가 무엇이냐는 질문에 단박에 대답하고 싶어서. 일상 속 틈이 생겼을 때 좋아하는 것을 바로 할 수 있는 강단과 확신을 갖고 싶어서.

2020년 봄, 고등학교 친구 윤영, 설아와 함께 호비클럽을 시작했다. 벌써 10년이 훌쩍 넘는 시간 동안 함께한 친구들이었다. 윤영은 북아현동에서 카페를 운영하고 있고, 설아는 디자인을 좋아하는 직장인이었다. 그들도 나처럼 좋아하는 건 많았지만, 취미가 무엇이냐는 질문에는 쉽게 대답하지 못했다. 우리는 호비클럽을 열어 다양한 취미를 경험해보며, 남은 인생의 계절에 나를 행복하게 해줄 수 있는 것들을 하나씩 찾아 나서기로 했다.

셋이서 해도 더없이 좋겠지만, 더 많은 사람들과 생각을 나누고 싶어서 계절별로 멤버들을 모집했다. 우리는 삶 속에서 더 많은 취미hobby를 발견하는 사람들이라는 의미로 멤버들을 '호비어hobbier'라고 불렀다. 그렇게 일면식도 없는 사람들과 호비어로 만나 새로운 세계를 탐험하는 동안 몇 번의 봄과 여름, 그리고 가을과 겨울이 지났다.

취미를 어렵게만 느꼈던 내가 호비클럽을 통해 조금씩

달라졌다. 얼마나 자주 하는지, 얼마나 잘하는지, 얼마나 그럴듯한지는 중요하지 않았다. 잘 몰라도, 자주 하지 못해도, 잘하지 못해도 내가 좋아하는 것, 그때의 나를 풍성하게 만들어주는 작고 사소한 것들이 바로 '취미'니까.

취미를 사전에 검색해보면 이런 정의가 나온다.

취미

1. 전문적으로 하는 것이 아니라 즐기기 위하여 하는 일
2. 아름다운 대상을 감상하고 이해하는 힘
3. 감흥을 느끼어 마음이 당기는 멋

때때로 우리는 무언가를 너무 전문적으로 하려고 하지만, 사실 취미는 즐기기 위해서 하는 일이다. 내게 감흥을 주고, 내 마음을 당기는 아름다운 대상, 내가 좋아하는 대상을 통해 즐거워할 수 있다면 그게 취미 아닐까? 아름다운 대상을 감상하고 이해하는 '힘'을 기르고, 그것으로부터 감흥을 느끼는 '멋'이 있는 삶을 살고 싶다.

내 친구 K는 커피를 못 마시는데도 커피 향을 좋아해

서 카페에 가는 걸 좋아한다. 나는 수상스키를 1년에 10번 정도밖에 못 타지만, 물 위를 가르는 순간의 자유를 그 무엇보다도 좋아한다. 물의 온도 같은 건 신경 쓰지 않고 드립커피와 차를 내려 마시지만, 주말 아침 온전히 나를 위해 시간을 내고 정성을 들이는 그 순간 자체를 사랑한다. 아직도 공을 주고받는 랠리 10번을 하기 힘들지만, 테니스를 칠 때 샘솟는 에너지를 사랑한다. 엄마 없이는 백패킹 짐도 잘 챙기지 못하지만, 가족들과 함께 떠나는 패밀리 백패킹에서 사랑을 느낀다. 아직도 레시피 없이는 음식을 하지 못하지만, 제철 채소와 재료로 솥밥을 지어 먹으면서 내 몸과 생활을 잘 돌보고 있다는 사실에 뿌듯함을 느낀다.

내가 사랑하는 모든 순간에 나는 다양한 감정을 느낀다. 즐거움, 자유로움, 사랑, 경쾌함, 성취감……. 이런 감정들을 느끼게 해주는 것들, '나'라는 사람을 더 뚜렷하게 만들어주는 것들을 모두 취미라고 부르기로 했다.

그렇기에 때로는 내 취미를 한 단어로 정리해서 부르기보단, 서술형 문장으로 표현한다. 이를테면 '햇빛을 받으며 원두를 갈고, 향을 즐기며 천천히 커피를 내려 마신다'와 같은 문장. 내가 느끼는 구체적이고 풍부한 감정과 감각들을 짧은 단어로 압축하기엔 너무 아쉬우니까. 만약 자기가 뭘 좋아하는지 모르겠거나, 새로운 취미를 해보고 싶은데 무엇부터 시작해야 할지 막막한 사람이 있다면, 말해주고 싶다. 취미란 건 꼭 한 단어로 정리될 필요도, 특정한 스포츠나 예술일 필요도, 거창한 것일 필요도 없다고. 당신을 웃게 하는 무언가, 당신을 기쁘게 하고 삶의 만족도를 높여주는 작은 무언가면 충분하다.

이 책은 취미 활동을 하면서 나만의 취향을 발견한 순간들을 엮은 글이다. 취미를 하나씩 찾아가면서 무엇보다 많이 알게 된 건 '나' 자신이었다. 내가 무엇을 좋아하는지 알기 위해서는 우선 '나'라는 사람을 잘 알아야 하기 때문이다. 자기가 좋아하는 것을 알고, 자신만의 세계가 있는 사람들은 열렬한 탐색의 과정을 거친 사람이다. 내가 무엇을 좋아하는지, 어떤 것이 내게 행복을 주는지 생각해보는 일은 별것 아니어 보이는 일상도 반짝이게 만든다. 취미 잡화점처럼 온갖 취미가 모여 있는 이 책을 읽으며 갖고 싶은 취미가 슬며시 생각났다면, 좋아하는 마음이 얼굴을 내밀었다면, 새어 나오는 그 마음을 놓치지 않았으면 좋겠다.

나는 멋진 취향을 가졌거나 한 분야를 깊이 꿰고 있는 사람은 아니다. 그저 나에 대해 더 알아가고, 사랑하는 사람들과 있는 힘껏 살아가는 즐거움을 누리고 싶을 뿐이다. 우리의 삶은 참으로 유한하다. 우리에겐 기껏해야 몇십 번의 봄밖에 남지 않았다. 남은 봄 여름 가을 겨울을 어떻게 내가 좋아하는 것들로 채워갈 수 있을까 고민하며, 온 세상의 즐거움을 잔뜩 누리고, 사랑하며 살고 싶다.

칼 세이건의 딸인 사샤 세이건은 에세이 《우리, 이토록 작은 존재들을 위하여》에서 온 세상의 즐거움을 누리며 사는 삶은 '조개껍데기나 우표처럼 작고 예쁜 물건을 수집하는 것'과 비슷하다고 말했다. 어쩌면 일상에서 작은 기쁨을 발견해내는 일은 나만의 조개껍데기를 수집하는 것일지도 모른다. 길가에 굴러다니는 조개껍데기지만, 굳이 그 반짝거림을 발견하고, 감탄하고, 주워서 나의 보석함에 넣고, 그것을 볼 때마다 기쁨을 느끼는 일 말이다. 아름다운 것이 널려 있는 삶에서 어떤 아름다움을 수집할 것인지, 어떤 즐거움을 즐기며 살아갈 것인지는 나의 선택이다. 같은 날을 보내더라도, 같은 동지와 하지, 춘분을 지나더라도, 그 순간을 굳이 기억하고 감각하고 나만의 특별한 날로 여기는 사람은 뜻하지 않은 기쁨을 찾아낼 수 있다. 좋아하는 게 많아질수록 삶은 단단해지고, 세계는 넓어진다.

좋아하는 마음을 따라 취미를 발견해나가는 과정은 사계절을 닮았다. 자연스럽게 흘러가고, 변하면서, 깊어지고, 때로는 사라지다가도 또 반복된다. 계절마다 그 시기에만 피는 꽃이 있듯이, 당신의 삶의 계절에도 당신의 속도대로 피어날 꽃이 반드시 있을 것이다. 삶을 풍성하게 살아보자는 다정한 외침이 씨앗이 되어 당신이 딛고 있을지 모를 그 마른 땅에 닿았으면 좋겠다. 그 땅에서 피어난 작은 싹이 당신이 '삶의 재미'를 느끼는 작은 시작점이 되면 좋겠다.

당신이 모든 계절의 아름다움을 누리며 풍성하게 무르익기를, 삶을 흥미롭고 알차게 보낼 수 있길 바란다. 당신의 삶의 정원에서 계절마다 꽃이 가득 피어날 수 있도록.

차례

3장 + 잘하지 못해도 괜찮아, 즐기는 거니까

4장 + 어디론가 훌쩍 떠난다는 것

5장 + 좋아하는 일, 나다운 일이 모이면

1장

✦

난 이런 순간이 좋더라

◦ HOBBY CLUB ◦

취미가 뭔지 모르겠다면 하루를 곱씹어보자. 좋아하기 때문에 이미 내 삶 구석구석에 자리 잡고 있는 것들이 하나둘 보일 것이다. 식물에 물을 주거나, 반신욕을 하고, 산책하는 일……. 눈치채지 못한 채 즐겨왔던 나의 작은 취미들. 가만히 들여다보면, 이런 순간들은 특별할 것 없는 일상을 반짝이게 했고, 늘 나를 따스하게 덥혀주었다.

식물

새싹을 가만히 바라보는 순간

삶의 낙이 무엇이냐는 질문을 받으면 괜히 뒷걸음질을 치게 된다. 멋들어진 답을 찾지 못해 우물쭈물하다가 이내 스스로를 '사는 낙이 없는 사람'으로 치부하기도 한다. 그럴 때면 별일 없던 순탄한 일상까지 슬프게 느껴진다. 나는 이 질문을 받고 식물을 떠올렸다. 정확히 말하면 '식물을 들여다보는 일'을. 주말에 화분 앞에 쭈그리고 앉아 식물을 보며 웃고 있던 내 모습을.

나의 식물 키우기 역사는 그리 오래되지 않았다. 내 손으로 직접 식물을 키우기 시작한 건 친구가 신혼집 집들이에 칼라데아 진저 화분을 가져온 날부터였다. 낮에는 해를 받으려 잎을 활짝 피우고, 밤에는 수분을 아끼려 몸을 웅크린다는 사실을 알게 된 이후로, '생강'이라는 귀여운 이름의 이 식물을 자꾸만 들여다보게 되었다. 흙을 꾹꾹 눌러보면서 물이 필요한지 세심하게 체크하는 습관이 생겼다. 흙이 말랐을 때마다 물을 주다 보니 돌돌 말린 연한 잎이 흙을 뚫고 빼꼼 올라왔다. 그 말랑하고 순한 새순이 묵직한 흙을 뚫고 나왔다는 게 신기하고 기특했다. 주말이면 세탁기를 돌리고 베란다를 활짝 열어, 햇빛을 받아 반짝이는 말랑한 새순을 마냥 들여다보았다. 인센스를 켜고, 밥 짓는 냄새를 맡으며, 살랑이는 바람에 이파리들이 흔들리는 것을 보고 있으면 행복감이 몰려왔다.

신혼집은 베란다가 집을 디귿 자 형태로 감싸는 구조여서 유난히 빛이 잘 들었다. 조금 더 용기를 내서 베란다를 작은 텃밭으로 만들기로 했다. 비가 오던 날, 규모가 큰 화원으로 달려갔다. 회색 카트를 끌고 몇 바퀴나 뱅뱅 돌면서 한참을 고민한 끝에 입문자에게 적당해 보이는 바질 트리와 페퍼민트, 레몬밤, 유칼립투스를 가져왔다. 관상용보다는 실용적인 아이들로 골랐다. 얼른 키워 차도 우려 먹고, 모히토도 해 먹어야지 생각하니 상상만 해도 신이 났다.

그 후 시간이 흐르고 식물들은 계속 자라났다. 처음 데려왔을 때만 해도 키가 한 뼘만 했는데, 3개월 만에 쑥 커버렸다. 베란다에 마련해놓은 작은 텃밭 앞에 쭈그려 앉아 그나마 조금 커 보이는 잎 몇 개를 잘라냈다. 바질 트리에서 딴 잎으로는 바질 페스토를 몇 번이나 해 먹었고, 토마토 바질 파스타도 만들어 먹었다. 페퍼민트는 깨끗하게 말려 차를 끓여 먹었다. 텃밭 욕심은 커지면 커졌지, 줄어들지는 않았다.

어느 식목일에는 집 안에 텃밭을 가꾸는 것도 지구를 위한 일이 아니냐며 모종 가게로 향했다. 그 앞에서 서성이며, 상추밖에 아는 게 없어서 주인에게 이것저것 물어보다가 "상추랑 딸기 주세요. 아, 고수도요!" 수줍게 주문하고는 모종을 품에 안고 돌아왔다. 바구니에 'love and free, little farm'이라고 크게 적어놓고, 모종을 담아두었다. 그해 여름, 우리는 삼겹살을 구워 베란다에서 수확한 상추와 같이 먹었다. 딸기 모종에는 작은 알맹이가 맺히더니 이내 빨갛고 탐스러운 '진짜 딸기'가 열렸다. 열매를 똑 따 먹은 그 자리에는 하얀 딸기 꽃이 피어났다. 고수는 먹지도 못하는 주제에 잔뜩 키우는 바람에 주변 사람들에게 나눠줬다.

12월 31일 한파가 닥친 겨울에도 식물은 내게 기쁨이 되었다. 한 해가 가기 전에 남편에게 싱그러운 식물을 선물하고 싶어서 퇴근길에 회사 앞 꽃집에 들러 동백나무를 샀다. 나는 동백이라는 이름을 정말 좋아했다(당시 나는 동백이라는 사랑스러운 이름의 동네에 살고 있어서 사람들에게 '동백 댁'으로 불리고 있었다). '누구보다 당신을 사랑합니다'라는 예쁜 꽃말을 가진 동백나무는 신기하게도 크리스마스나 생일, 기분 좋은 날마다 빨간 꽃을 활짝 피웠다. 동백나무 덕분에 그해는 더 사랑으로 가득 찼던 것 같다. 우연일지 모르겠지만 다른 동네로 이사 온 지금은 동백나무에 꽃이 피지 않는다.

한때 내 삶의 낙이 무엇인지 고민한 적이 있었다. 사는 낙이 없는 것 같다고 느껴질 때마다 우울해졌다. 이런 고민으로 머리가 복잡했던 어느 주말에도 나는 창문을 열고 세탁기가 돌아가는 소리를 들으며 식물에 물을 주고 있었다. 햇빛에 비쳐 만들어지는 식물의 그림자를 흐뭇하게 바라보던 그 순간 깨달았다. 식물에 물을 주고, 작은 새싹을 들여다보고 응원하는 이 순간이 삶의 낙이며, 나의 취미구나.

보람과 행복, 즐거움을 동시에 느낄 수 있는 이 행위가 취미가 아니면 뭘까.

이런 경험을 더 많은 사람과 나누고 싶어, 클럽을 함께 운영하는 윤영과 설아에게 호비클럽의 봄 시즌 활동으로 식물 키우기를 제안했다. 윤영과 설아도 이미 식물을 키우는 기쁨이 무엇인지 공감하고 있던 터라 준비가 수월했다. 나는 식물에 물을 주며 행복을 느꼈고, 둘은 씨앗을 발아시키는 과정에서 뿌듯함을 느꼈다. 우리가 느꼈던 소소한 행복을 다른 이들도 느꼈으면 좋겠다는 마음으로 각자의 공간에 '작은 정원'을 만드는 프로그램을 계획했다. 이제 막 봄이 오기 시작한 즈음, 모집 글을 올렸다.

식물을 키우기 위해서는 적당한 볕과 바람, 습도와 온도, 물과 관심이 필요하죠. 매일 들여다보며 키워내는 게 쉬운 일은 아니지만, 어려운 일도 아니죠. 매일 바라봐야 하는 식물이 있다는 게 조금 귀찮을 수 있어도 작은 새싹이 무럭무럭 자라나는 모습을 보면 '내가 이 작은 생명을 키워내는구나'라는 뿌듯한 마음이 생겨요. 저는 아무것도 하지 않고 그 힘찬 새싹을 바라보는 시간이 정말 좋았어요. 호비어 구성원들과 이 기쁨을 함께하고 싶어요.

커다란 정원이나 마당이 없어도 괜찮아요. 작은 창가, 베란다, 자주 시선이 닿는 안방이나 주방의 한쪽 어디든 나의 작은 정원이 될 수 있으니까요. 이 작은 공간과 식물이 주는 에너지와 평화, 즐거움과 행복을 나누고 싶어요.

우리가 준비한 건 로메인과 루콜라, 레몬밤, 방울토마토, 페퍼민트, 바질 씨앗을 담은 '호비 씨앗 키트hobby seed kit' 그리고 발아 환경 및 주의점에 대한 안내서, 식물에 물을 주면서 듣기 좋은 노래 플레이리스트, 토분과 분갈이 준비물이었다. 참가자의 성향이나 환경에 맞게 씨앗을 골라 키울 수 있도록 6종의 씨앗과 지피펠렛을 같이 보냈다(지피펠렛은 씨앗이 쉽게 발아하도록 영양분을 응축한 작은 흙뭉치인데, 나도 준비하면서 처음 알게 되었다).

우리의 계획은 간단했다. 봄 동안 각자의 작은 정원에서 씨앗을 심고 싹을 틔워내는 것. 중간중간 만나서 어떤 감정을 느꼈고, 식물이 어떻게 자라고 있는지 이야기 나누기로 했다. 잘 키운 후 수확해 '셰어 박스share box'에 담아 주변 사람들과 나누거나, 나를 위한 건강한 식재료로 사용하

는 것이 마지막 단계다. 일부러 샐러드나 파스타와 같이 간단한 요리를 하거나, 청을 담그고 차로 우려내는 등 다방면으로 활용할 수 있는 종류로 골라 보냈다. 내가 소중히 키운 식물을 더 많은 사람과 함께 나누며, 봄을 진득하게, 깊고 넓게 느끼기를 바라는 마음으로.

모집 글을 올리자 다양한 분들이 신청을 했다. 이미 집에서 식물을 키우며 즐거움을 느끼고 있는 분들부터, 식물을 키우기만 하면 죽이곤 하지만 그래도 다시 키워보고 싶다는 분들까지, 가지각색의 사람들이 윤영이 운영하는 북아현동의 카페에 모였다. 모임을 시작하기에 앞서 씨앗 키트를 전달해드리고 모두에게 같은 질문을 던졌다.

"씨앗을 키우는 과정을 통해 어떤 걸 기대하세요? 어떤 마음으로 신청해주셨나요?"

호비어들의 답변은 비슷했다. 그들이 전해준 이야기에 나도 크게 공감했다.

"짧더라도 나만을 위한 시간을 가지고 싶었어요. 식물에 물을 주거나, 커피를 마시고, 잠시 노래를 들으면서 숨을 돌릴 수 있는 시간이요. 호비클럽을 하면서 내가 내 시간을 주도하고 있다는 느낌을 받고 싶어요."

아침에 눈을 떴을 때부터 잠들기 전까지, 자신이 원하는 대로 주도적으로 시간을 보내는 경우가 얼마나 될까. 잠시 좋아하는 노래를 틀어두고, 식물에 물을 주고, 커피를 한 모금 마시는 순간만큼은 시간에 끌려다니는 것이 아니라, 시간을 주도적으로 쓸 수 있다. 그 시간 동안 기분을 바꿀 수도 있고, 새로운 도전을 위한 다짐을 할 수도 있다. 아무 생각 없이 멍때리며, 머릿속을 비울 수도 있고, 나처럼 새싹들을 바라보며 다시 생의 의지를 다질 수도 있을 것이다. 모두에게 작은 씨앗이 주는 의미는 다르겠지만, 하루에 잠깐이라도 시간을 내어주길 바랐던 우리의 마음은 무사히 사람들에게 가 닿았다. 호비어들은 씨앗을 잘 키워내 음료에 장식으로 올리기도 하고, 차를 마시기도 하고, 주변에 나눠주기도 했다.

호비클럽의 봄 시즌을 시작했던 그때 사실 나는 혼자서 겨울의 한복판에 있는 듯 힘든 시기를 보내고 있었다. 몸과 마음이 얼음장같이 굳어 선뜻 말 한마디 하기가, 행동 하나 하기가 어려웠다. 그런데 역설적이게도 그 시기에 더 많은 사람과 함께 봄을 나누자며 '작은 정원 만들기'를 시작했다. 봄이 올까 싶었던 생각이 무색하게, 내 마음에 가장 먼저 봄이 왔다.

생각보다 새싹 틔우기는 쉽지 않았다. 새싹이 돋기 전에는 물을 흠뻑 주고 햇빛을 피하다가 새싹이 나는 순간부터 해를 듬뿍 쬐여줘야 한다. 그리고 웃자라기 전에 흙을 조금씩 더 덮어줘야 한다. 내가 심은 씨앗 중 가장 먼저 루콜라가 싹을 틔웠다. 루콜라를 시작으로 다른 씨앗도 천천히 진득하게 싹을 피워냈다.

씨앗은 새싹을 틔우는 순간에 모든 영양분을 써버리기 때문에 새싹을 돋아나게 하는 건 성공할지 실패할지 모르는 도박과도 같다고 한다. 그 용기를 가지고 새싹을 피워내는 씨앗을 보고 있으니 마음이 요동쳤다. 뿌리가 제대로 자리를 잡으면 기반암을 쪼개는 힘이 생길 정도로 강력한 생명력을 가진다던데, 나의 작은 정원에는 그렇게 뿌리를 내린 새싹이 몇십 개나 있었다. 새싹을 바라보고 있으니 무엇이든 할 수 있을 것 같은 기분이 들었다. 매일 아침 평소보다 일찍 일어나 커피를 내리고, 일기를 쓰며, 햇빛 아래에서 식물에 물을 줬다. 몸과 마음에도 생기가 돌기 시작했다.

PALO SANTO
PALO SANTO

겨울이 가고 봄이 왔다는 걸 느끼는 계기는 사람마다 다르다. 하지만 어떤 순간을 계기로 삼든 어둡고 추운 기운이 조금씩 물러가고 햇빛과 온기를 느끼며 삶의 아름다움을 만끽할 수 있다면 그때부터 봄이라고 할 수 있지 않을까.

봄이 시작되는 '입춘'에서 조금 더 시간이 지나면 낮과 밤의 길이가 같아지는 '춘분'이 온다. 나에겐 이 새싹들이 춘분이었다. 호비클럽에서 멤버들과 함께 새싹을 틔우던 그 순간이 내게 봄을 불러왔다. 지금도 책상 한쪽에 있는 나의 작은 정원은 나에게 봄을 가져다준다. 내 마음에도 구석구석 볕이 들어 양지바른 공간이 더 많아지면 좋겠다.

산책

어쩌면 그게 내가 좋아하는 일일지도

6년 만에 엉엉 울면서 퇴사를 했다. 새로운 도전을 해보고 싶어 한 달 넘도록 고민하다가 내린 결정이었다. 첫 회사이자 좋아하는 일을 처음 시작했던 곳을 떠나려고 하니 마음이 너무 무거웠다. 꺼이꺼이 울면서 사원증을 반납했던 기억이 난다. 때는 두 번째 회사를 만난 늦겨울, 어쩌면 이른 봄이 이제 막 시작되려던 시기였다.

새로운 회사에 출근한 첫날, 나는 무채색의 세상에 들어간 기분이 들었다. 마치 형형색색의 무지갯빛 공간에서 갑자기 삭막한 회색 도시로 들어온 듯했다(아마 그때 내 감정이 그랬을 것이다). 새로운 공간에 혼자 뚝 떨어진 기분이 들자 이성적인 판단을 하기도 전에 내 마음은 어두운 색으로 물들었다. 물론 시간이 지난 지금은 그렇지 않지만, 처음 사무실에 들어온 순간만큼은 막막함과 걱정이 뿌옇게 앞을 가렸다.

어딜 가든 주위에 산책할 곳이 있는지 찾는 습관이 있다. 여행을 가면 숙소 근처에 혼자 걸을 만한 곳이 있는지 이리저리 살피고, 이사를 하면 근처에 공원이나 물가가 있는지 찾는다. 새로운 사무실에서도 회색 도시에 발붙이기 위해 근처에 걸을 만한 곳이 있는지 찾아 돌아다녔다. 그리고 거기서 초록빛이 일렁이는 눈부신 양재천을 발견했다. 양재는 정말 자주 지나다녔는데 양재천을 걷는 건 처음이었다. 천을 따라 이어지는 메타세쿼이아 길과 그 아래 즐비한 레스토랑과 카페들, 천을 바라보며 커피를 마시는 사람들. 평안함과 여유로움이 느껴져 꽤 좋았다.

양재천을 발견한 뒤로 점심시간마다 1시간 반을 꽉 채워 걷고 또 걸었다. 2월에 처음 걷기 시작했을 때는 앙상한 나뭇가지만 가득했는데, 어느새 분홍빛 벚꽃이 만개하더니 연초록의 시기를 지나 청량한 여름 숲이 되었다. 사무실에서 웃음기가 사라질 때쯤이면 커피를 마시는 대신 양재천의 푸르름을 마셨다. 15분 정도 가볍게 걷고 돌아올 수 있는 나만의 루트를 따라 쭉 걸으며 한정된 여유를 즐겼다. 그러면서 늘 생각했다. 나도 저 싱그러운 나무들처럼 여유롭게 살랑이고 싶다고. 햇볕을 쬐면서 여유롭게 웃어주고 싶었다. 누구에게든, 그러나 가장 먼저 나에게.

벚나무가 흐드러지게 피던 4월에는 가족들을 불러 점심시간 산책을 즐겼다. "여기가 내가 점심마다 걷는 길이야" 하며 나무 아래서 가족들의 사진을 찍어주었다. 여름밤에는 야근하다 말고, 슬퍼하는 친구를 불러내어 달빛 아래 천천히 걸으며 "왠지 여기서 토토로가 나올 것 같아"라며 웃었다.

계절마다 달라지는 꽃과 나무의 이름을 하나둘 알아가는 것도 재밌었다. 작고 귀여운 보라색 꽃의 이름을 우리 마음대로 지어서 부르다가 이 아름다운 꽃의 이름이 '개불알풀'이라는 걸 알게 되었을 때의 충격이란. 걸음을 더해갈 때마다 작고, 귀엽고, 웃음이 나는 작은 충격들이 따라온다. 버찌가 떨어진 길을 보고, 벚나무의 열매가 버찌였다는 사실을 새삼 깨닫는다. 걸을 때마다 "이게 그 꽃이던가?" 하

면서 옹기종기 모여 카메라를 들이밀고 사진을 찍는 우리 모습도 어쩐지 귀엽게 느껴졌다. 세상에 이렇게 많은 들꽃이 있는지 처음 알았다. 괭이밥, 꽃마리, 고깔제비꽃, 구슬댕댕이…… 길가에서 만난 식물들은 귀여운 이름만큼이나 매력적이었다.

점심시간에 돗자리를 펴놓고 제대로 휴식하는 아저씨들부터, 강아지와 물에 발을 담그는 산책자, 자전거를 타고 벤치에 앉아 책을 읽는 사람들까지, 모두가 여유롭게 계절을 느끼는 장소인 이곳은 나의 안식처였다. 기분이 좋을 땐 그 길을 따라 자전거를 타기도 했다. 그렇게 몇 시간이고 걷다가 벌렁 드러누워 책을 읽고 싶었지만, 점심시간의 짧은 산책이라는 점이 못내 아쉬웠다. 그래도 매일 나가서 누렸던 작은 쉼이 회사에 다니는 동안 가장 큰 행복이 되었고, 새로운 영감을 주었다.

생각해보면 나는 유난히 물가를 걷는 걸 좋아했다. 아현동에 살던 고등학생 시절에는 마포대교를 건너 한강을 걸어 다녔다. 야탑에 살던 대학생 시절엔 분당에 있는 탄천을 걸었고, 독일 마인츠에 살 때는 라인강을 걸었고, 용인의 동백에 살 때는 동백 호수공원을 걸었다. 그리고 지금은 양재천을 걷고 있다. 어느 곳에 있든 나는 물가를 찾아, 내가 좋아하는 행동을 하러 나섰다. 생각이 많아지거나, 답답한 날에는 어김없이 걷는다. 두 다리로 뚜벅뚜벅 걷다 보면 내가 이 세상에 존재하고 있다는 느낌이 드는 한편, 머릿속이 환기되면서 다양한 생각들이 떠오른다. 어디를 가기 위해서 걷는 게 아니라 '걷기' 자체를 목적으로 둘 때 새로운 감각을 느낄 수 있다. 사실 물가가 아니어도 상관없다. 누구든, 어디서든 할 수 있지만 귀찮음을 감수해야 한다는 이유로 많은 사람이 쉽게 포기할 뿐이다.

걷기는 현재의 감각에 집중할 수 있게 해주는 가장 단순한 행위다. 날씨에 따라 달라지는 공기의 냄새를 맡고, 해를 고스란히 받으며, 주변의 자연을 보며 새삼스럽게 놀란다. 지나가는 할아버지와 할머니의 모습에서 여유를 읽고, 자박자박 걷는 행위로 발의 감각을 인지한다. 걷는다는 감각이 나는 정말 좋다. 취미가 좋아하는 감정에서 시작되는 거라면, 어디든 걷는 것도 내 취미다. 걸으면서 새로운 나무와 꽃을 발견하며 감탄하는 것, 사실은 우리가 지구라는 멋진 행성에 살고 있는 작은 존재임을 다시 깨닫는 것, 계절의 변화를 가장 가까이서 지켜보며 감사함을 느끼는 일, 지나가다 테라스가 있는 카페를 발견하고 다음에 꼭 가보자며 약속하는 일, 여름이면 아이스 커피를, 겨울이면 따뜻한 커피를 손에 쥐고 걷는 일, 크게 숨을 들이쉬며 계절 냄새가 난다며 웃는 일, 촐랑거리는 강아지의 뒷모습을 보고 웃는 일, 나무 사이로 비치는 햇빛의 그림자를 가만히 바라보는 일, 각자의 방법으로 계절을 누리는 사람들을 관찰하는 일……. 좋아하는 마음은 더 구체적으로 쪼개지고, 더 넓게 확장된다.

산책을 취미라고 인정한 건 오래되지 않았다. 그전까지는 무의식적으로 했던 행동이지만, 내가 좋아하는 일이라고 인정하고, 의식하면서 하니 행복감이 더 커졌다. 자기도 모르게 습관적으로 하는 일이 있다면, 어쩌면 당신은 그걸 굉장히 좋아하고 있을지도 모른다. 나도 모르는 새 일상에 자리 잡은, 내 삶을 풍성하게 만들어주는 작은 행동을 알아채는 것부터가 시작이다. 그 행동의 좋은 점을 마구마구 생각하다 보면 취미의 세계는 더 깊어지고, 넓어질 것이다. 내가 무엇을 좋아하는지 발견하면 행복을 찾으러 어디로 가야 하는지, 무엇을 해야 하는지 삶의 방향성이 명확해진다.

나를 살랑이게 했던 양재천의 초록빛처럼 당신을 살랑이게 하는 빛깔은 무엇일지 궁금해진다.

필름 카메라

지난여름을 초콜릿처럼 꺼내 먹는 일

10년이 넘은 필름 카메라가 하나 있다. 독일에서 교환 학생으로 지내던 20살 무렵, 런던의 포토벨로 마켓에 놀러 갔을 때였다. 낡은 필름 카메라의 클래식한 모습에 반해, 다뤄본 적도 없는 필름 카메라를 덥석 집어 왔다. 당시 골목을 몇 번이나 왔다 갔다 하며 고민했던 기억이 난다. 그러다 결국 주인 할아버지에게 간단한 작동법을 배우고 카메라를 사 왔다. 근처 가게에서 피시앤칩스와 맥주를 시켜놓고, 설레는 마음으로 낡은 카메라를 계속 만지작댔던 그날 이후, 종로의 세운 상가에서 몇 번 수리를 받긴 했지만, 이 아이는 거의 10년 가까운 세월 동안 내 옆을 지켜주었다. 평소에는 자주 들고 다니진 못해도 여행 갈 때만큼은 이 필름 카메라를 꼭 들고 다니는 편이다. 평상시에는 잘 찍지 않다 보니 여행지에 가서도 필름 한 롤을 다 쓰지 못하는 경우가 많은데, 그러면 한 롤에 여러 여행지의 사진이 섞이게 된다. 한참 뒤에 인화한 사진을 받아보면, 몇 계절이 지난 뒤 한발 늦게 도착하는 사진들이 허다하다. 그런 사진들은 종종 선물처럼 다가온다.

매년 여름, 엄마와 나는 제주 비양도로 백패킹을 떠나곤 했다. 그런데 여느 때와 같이 설레는 마음으로 제주도에 도착한 날, 교통사고가 났다. 렌터카를 빌려 교차로를 나오는데 갑자기 차에 엄청난 충격이 가해지더니 차가 빙글빙글 돌았다. 골목길에서 나온 차가 내가 있는 조수석 쪽을 그대로 들이받은 것이다. 이렇게 죽는구나 싶었는데 다행히 우리 차는 거대한 화물차 앞에서 멈추었다. 놀란 마음을 진정시키고, 바로 병원에 가서 나란히 누워 치료를 받았다. "서울로 돌아가야 할까?" 되물었지만, 힘들게 시간을 빼서 왔는데 이대로 여행을 끝낼 수는 없었다. 결국 간단한 물리 치료만 받고 원래 계획대로 비양도로 향했다. 3일 동안 비양도와 함덕 해수욕장, 중문 해수욕장을 돌아다니며 백패킹을 했고, 행복한 추억을 가득 안고 돌아왔다.

추억은 아름다웠지만, 교통사고 후유증은 끔찍했다. 서울로 돌아오자마자 입원을 해야 했다. 아침부터 저녁까지 종일 치료를 받고, 약에 취해 자고, 다시 치료를 받으며 하루하루를 보냈다. 휴가에 연이어 입원까지 하다 보니 밀린 일이 걱정되어서 몸이 다 회복되기도 전에 회사에 출근했다. 8시간 동안 같은 자세로 앉아 있으니 허리가 저릿하고 두통이 몰려왔다. 그런 상태로 야근을 하고 집에 돌아가던 어느 날이었다. 문득 지금 내 상황을 생각하니 너무 서러웠다. 예상치 못한 사고였고 내가 선택한 일이었지만, 몸이 아프니 유난히 더 서럽고, 억울하고, 화가 치밀었다. 그래서 집에 가는 내내 꺼이꺼이 울었다. 집에 도착해서도 눈물이 멈추지 않아 멍하니 앉아 있는데, 메일이 하나 도착했다.

발신인: 판교 코닥

얼마 전 필름 스캔을 맡긴 사진관에서 보낸 메일이었다. 사진 파일을 하나씩 열어 보는데 행복했던 여행의 추억이 새록새록 떠올랐다. 어느새 서러움은 잊고 배시시 웃고 있었다. 마치 누군가에게 초콜릿을 선물받은 듯한 기분이 들었다. 힘이 들 때면 하나씩 꺼내 먹으라고 준 초콜릿, 부드럽고 달콤한 순간들. 사진을 천천히 바라보면서 그날 느꼈던 감정들을 한 번 더 음미하고, 되새김질하는 동안 마음이 사르르 녹아내렸다.

사진을 받으면 늘 저장해두기만 했는데, 어느 순간부터 포스터 크기로 뽑아 집 안에 붙여 두거나, 엽서나 달력으로 만들어 주변에 선물하기 시작했다. 눈길이 잘 가는 곳에 걸어두니 같은 순간도 또 다른 각도로 한 번 더 보게 되었다. 당연하다고 생각했던 일상에 한 번 더 시선이 가게 만들고, 그 시선으로 다시 일상을 들여다보게 만드는 것, 그게 필름 사진의 매력이다.

호비어들과 이 매력을 나누고 싶어서 호비클럽 여름 시즌 프로그램으로 '여름 시선'이라는 활동을 기획했다. 여름내내 필름 카메라로 일상을 찍고, 각자의 여름을 담은 그 사진들을 모아 엽서와 달력, 포스터를 만드는 활동이었다. 미션은 한 달 동안 매일 하루에 한 장씩, 내 시선이 닿는 것들을 찍어두기. 남은 필름은 다 같이 서울숲에 가서 풍경을 찍으며 소진했다. 어떤 멤버는 매일같이 필름 카메라를 들고 다니면서 하루에 한 장이라도 찍으려고 노력하다 보니 주변을 더 세밀하게 살펴보고, 소중히 여기게 되었다고 고백했다. 원래 비 오는 날을 좋아하지 않는데, 사진 찍을 생각에 비 오는 날마저 좋아하게 되었다는 말도 덧붙였다. 정해진 기한이 끝난 후 필름을 모두 인화하고 사진으로 엽서를 만들어서 멤버들에게 발송했다. 고단한 어느 날, 초콜릿처럼 꺼내 먹을 수 있는 달콤한 순간들이 되길 바라면서.

지금 이 순간이 가장 소중하다는 말, 현재를 맘껏 누리며 살아야 한다는 말에 동감한다. 그래도 가끔은 과거의 내가, 과거의 추억이, 과거의 사랑이 오늘 이 순간을 더 행복하게 만들어주기도 한다. 필름 카메라로 찍은 사진은 과거의 내가 오늘의 나에게 보내는 선물이다. 찍는 행위 자체도 즐겁지만, 필름 카메라의 가장 큰 매력은 어떻게 찍혔을지 지금 당장 결과물을 알 수 없다는 것이다. 그렇기에 비밀에 부쳐진 사진 하나하나가 미래에 배달될 것을 기대하고, 기다리는 과정에서 설렘과 행복을 느낀다. 마침내 기다리던

사진을 받았을 때 그것을 찬찬히 바라보며 과거를 떠올리는 일도 즐겁다. 미래에 웃고 있을 나를 위해 지금의 수고로움을 즐기는 것이다.

오늘 내 시선은 어디에 닿아 있을까? 10년 전 런던에서 그 필름 카메라를 가져오지 않았다면 이 즐거움을 알 수 있었을까? 필름을 매번 구입하고, 사진관에 맡기는 수고로움을 즐기지 않았다면 10년 동안 이 기쁨을 누릴 수 있었을까? 조금 늦게 도착한 사진 한 장이 오늘의 나를 위로하고, 다독인다.

반신욕

온전히 나만을 위한 시간

소소하지만 확실한 행복을 보장해주는 몇몇 순간들이 있다. 그중 하나는 뜨-거운 물에 반신욕을 하고, 로션과 오일을 충분히 바르고, 하얀 이불 속에 들어가 노란 조명 아래 차를 한잔 마시며, 좋아하는 책을 읽는 시간이다. 생각만 해도 정말 좋다. 반신욕을 하고 나와 좋아하는 노래를 틀어두고, 일기를 쓰거나 책을 읽던 이런 순간들이 오늘의 나를 만들었다고 생각한다.

하루 종일 밖에서 바쁘게 일하고 사람들을 만나고 집에 돌아오면, 나의 상태를 돌아보고, 새로운 에너지를 충전하는 시간이 필요하다. 스트레스가 쌓일 때면 동네 사우나에 간다. 뜨거운 건식 사우나에서 땀을 쭉 빼고, 때를 밀고 나오면 피부는 물론 마음까지 뽀얘진다.

사우나실에선 나 빼고 모두가 절친한 친구다. 엄마 또래의 단골 아주머니들은 서로의 집안 사정부터 최근 관심사까지 전부 꿰고 있다. 벌거벗은 채로 사람 사는 이야기를 들으면서 스트레칭을 하다 보면 웅크렸던 마음마저 시원해지는 느낌이 든다.

조금 있다가 예약해둔 세신 차례가 되면 핑크색 침대에 누워 세신사 아주머니에게 몸을 맡긴다. 그럴 때마다 아주머니가 항상 내게 하는 말이 있다.

“아유, 꽃같이 아름다울 때네. 꽃 같다 정말.”

발가벗은 채로 그런 칭찬을 들으면 어떤 표정을 지어야 할지 몰라 멋쩍은 웃음을 짓게 된다. “감사합니다, 하하” 하며 어물쩍대지만, 사실은 그 말이 듣고 싶어서 자꾸 그 사우나를 찾는 것 같기도 하다. 소소한 이야기를 나누고 집에 돌아오면, 뜨거운 물에 몸을 말갛게 씻어내서 그런지, 꽃같이 아름다운 때라는 말을 들어서 그런지, 모든 게 괜찮아지는 기분이 들곤 했다.

물론 집에서도 매일같이 반신욕을 즐긴다. 물을 콸콸 틀어 욕조에 뜨거운 물을 받아두고 몸을 담그면, 세상이 고요해진다. 시끄러운 세상에서 잠시 단절되는 느낌이 좋다. 몸은 따뜻해지고, 긴장이 스르륵 풀린다. 뜨끈한 물에 몸을 지지다가 싹 씻고, 좋아하는 향의 바디로션을 바른다. 그리고 잘 정리된 침대에 필로우 미스트를 뿌리고, 노란 조명을 켜고 이불 속으로 쏙 들어가면 이미 행복이 가득 차오른 상태다. 손발이 시린 겨울에는 특히나 반신욕이 더 절실하다. 몸도 마음도 움츠러드는 이런 계절에는 얼른 나만의 세계로 들어가고 싶다는 생각이 든다. 언 몸도, 언 마음도 풀어줄 수 있는 나만의 세계로.

나만의 공간, 나만의 시간에 행복을 더해주는 또 하나의 요소는 바로 '향'이다. 취향이 대쪽 같아서 달달하고 상큼한 향보다 묵직하고 우디한 향을 좋아한다. 절 냄새를 좋아하다 보니 인센스 스틱도 즐겨 사용한다. 하지만 나도 처음부터 취향이 확고했던 건 아니다. 이건 시간이 켜켜이 쌓여서 만들어진 나만의 '좋아' 리스트라고 봐야 한다.

처음 향에 빠졌던 건 19살 무렵 친구들과 동남아 배낭

NO NEED TO HURRY.
NO NEED TO SPARKLE.
NO NEED TO BE
ANYBODY BUT ONESELF.
문장수집가

여행을 갔던 때였다. 지금은 어디서 샀는지 기억도 나지 않지만, 그날 바른 바디로션의 향이 너무 좋아서 낯선 곳임에도 편안하게 잠들 수 있었다. 요즘 즐겨 사용하는 인센스 스틱도 여행지에서 우연히 발견했다. 제주의 한 술집에서 나그참파 인센스 스틱 향을 맡았는데, 그 뒤로 특유의 독특한 향에 빠져 집에 있을 때나 여행을 갈 때나 늘 인센스 스틱을 챙겨 다니게 되었다. 좋아하는 향수를 발견하기까지는 제법 시간이 걸렸다. 대학생 시절에 유행했던 화이트 머스크 향부터 장미 향까지 다양한 향수를 경험하고 실패한 뒤에야 내가 묵직한 계열의 향을 좋아한다는 걸 깨달았다. 잠들기 전 기분 좋은 향을 맡으면 수면의 질이 좋아진다는 사실도 수년간의 경험으로 알게 되었다.

우리가 무심코 '좋다'고 말하는 것의 이면에는 그간 좋은지 싫은지 직접 경험해본 결과로 쌓인 마음들이 있다. 그래서 나는 그 순간들을 '확실한 행복'을 보장해주는 시간이라고 말한다.

씻는 행위 자체보다는 온전히 나에게 집중하는 그 시간과 그 분위기가 좋다. 몸을 씻으면서 마음의 먼지와 묵은 때를 같이 씻어낸다. 즐겨 듣는 노래를 크게 틀어두고, 좋아하는 향의 바디워시로 말끔히 씻을 때면 우울했던 마음이나 미웠던 마음, 고단했던 하루의 피곤도 같이 씻겨 내려가는 듯하다. 매일 당연하게 해야 하는 씻는 일이 행복한 순간이 된다니. 좋아하는 게 쌓여간다는 건 이런 의미가 아닐까. 당연히 해야 하는 일에서 행복을 찾고, 그 과정을 즐길 수 있도록 나만의 장치를 마련하고, 몸과 마음이 시릴 때 나를 위해 뭘 해야 하는지 알게 되는 것.

다 같이 반신욕을 하자는 이야기는 아니다. 내가 일상적으로 하는 일에다가 좋아하는 마음을 곁들여보자는 말이다. 매일 반복하는 평범한 행위에 '좋아하는 순간'이라는 이름을 붙일 때, 많은 것들이 달라진다. 내가 좋아하는 향과 음악, 책을 같이 즐기면서 씻는 순간의 행복을 곱절로 키워냈듯이, 나만 아는 가장 개인적인 시간에 나만 아는 장치들을 마련해두자. 시끄러운 세상과 잠깐 떨어져서 온전히 나만을 위한 시간을 보내는 것, 흘러가는 시간에 나만의 '이름표'를 붙이는 과정이다.

사소한 것에 의미를 부여하는 건 꽤 간단하고, 효과가 좋다. 똑같은 산책로에도 '소원 성취의 길'이라고 이름을 붙이면 괜히 길을 걸으며 기대감이 생기고, 등산길에 '정기를 받기 좋은 곳'이라는 팻말이 있으면 어쩐지 정기를 온몸으로 받는 기분이다. 의미를 부여함으로써 어떤 공간과 시간은 더 값지고 재밌어진다.

반신욕 시간에 이름표를 붙인다면 '세상과는 멀어지고, 나와 가까워지는 시간'이라고 하고 싶다. 화장실 문 앞에 '소원 성취의 탕'이라고 써놔야겠다.

소비

주식 대신 기분 좋은 저녁을 살게요

소비의 방향은 좋아하는 마음을 향한다. 누구나 자기가 중요하다고 생각하는 것, 좋아하는 마음이 닿는 곳에는 아끼지 않기 마련이니까.

주식시장이 오르락내리락하던 날이었다. 잠옷을 하나 사고 싶었는데 마음에 쏙 드는 게 없었다. 유난히 출근하자마자 퇴근하고 싶던 그날 아침, 커피를 사러 가는데 광고 알림이 하나 왔다. '퇴근이 기다려질 거예요'라고 적힌 링크를 타고 들어가니 귀여운 잠옷을 판매하고 있었다. 퇴근은 늘 기다려지지만, 연두색 잔꽃 무늬에 분홍색 띠가 둘러진 이 완벽한 잠옷이 있다면 지금 당장이라도 집으로 가고 싶을 만큼 퇴근이 기다려질 것 같았다. 함께 커피를 사러 간 동료에게 사고 싶은 잠옷을 보여줬다. 그러자 동료는 잠옷 이야기 대신 주식 이야기를 들려줬다. 누군가는 기가 막힌 타이밍에 흐름을 타서 몇 배나 되는 돈을 벌고, 누군가는 이미 서울 어딘가에 위치한 집의 부동산 계약서에 도장을 찍었다더라. 내가 사고 싶은 잠옷은 7만 4천 원. 값이 조금 내린, 지금이 사야 할 타이밍인 듯한 어느 주식 한 주를 살 수 있을 만한 금액이었다. 지금은 잠옷 살 때가 아니라, 주식에 들어가야 하는 때인가? 아무도 뭐라고 하는 사람은 없었지만, 괜히 눈치가 보였다.

고민하던 나에게 동료는 별생각 없이 "뭘 고민해, 그냥 사"라고 말해주었다. 그냥 좋아하는 걸 하라고 덧붙이며. 덕분에 나는 파란색과 빨간색이 실시간으로 꿈틀대는 주식 거래 앱을 끄고, 장바구니에 있던 잠옷을 주문했다. 나는 미래에 백만장자가 될 기회는 놓쳤을지 몰라도, 기분 좋은 저녁을 샀다. 내가 가장 좋아하는 시간을 위한 작은 소비, 그게 나에겐 투자다.

다음 날 아침, 다시 알림 문자가 왔다. 오늘 잠옷이 도착할 거니까 기분 좋게 퇴근하라는 내용이었다. 설레는 마음으로 집으로 가던 퇴근길이었다. 회사에서 집까지는 거리가 멀었다. 긴 여행길에 올라 무심코 왼쪽으로 고개를 돌렸는데, 어마어마한 쌍무지개가 보였다. 그 사이로 지하철이 지나가고 있었다. 그날은 그런 날이었다. 인생에 한 번 있을까 말까 한 날. 모두가 고개를 들고 감탄하며 웃던 날. 기분 좋게 집에 돌아오니 연두색 잔꽃 무늬 잠옷이 나를 반겨줬다. 바로 잠옷으로 갈아입었다. 어제는 목이 늘어날 대로 늘어난 티셔츠를 입었는데, 오늘은 각이 딱 잡힌, 입으면 왠지 귀여워지는 잠옷을 입고 있다. 항상 애착 잠옷처럼 입고 잤던 낡은 티셔츠 대신 연두색 새 잠옷을 입으니 기분이 거의 백 배는 좋았다.

그 잠옷을 입을 때마다 나는 확실하게 행복해졌다. 나를 확실히 기분 좋게 만들어주는 것들에는 거침없이 소비하는 편이다. 향이 좋은 제품들, 귀여운 털모자, 햇볕이 내리쬐는 카페테라스 자리, 스티커 사진, 그리고 바스락거리는 잠옷……. 이런 작은 소비는 나의 생활을 조금 더 기쁘게 만들어준다. 목 늘어난 흰 티를 입는 대신 좋아하는 잠

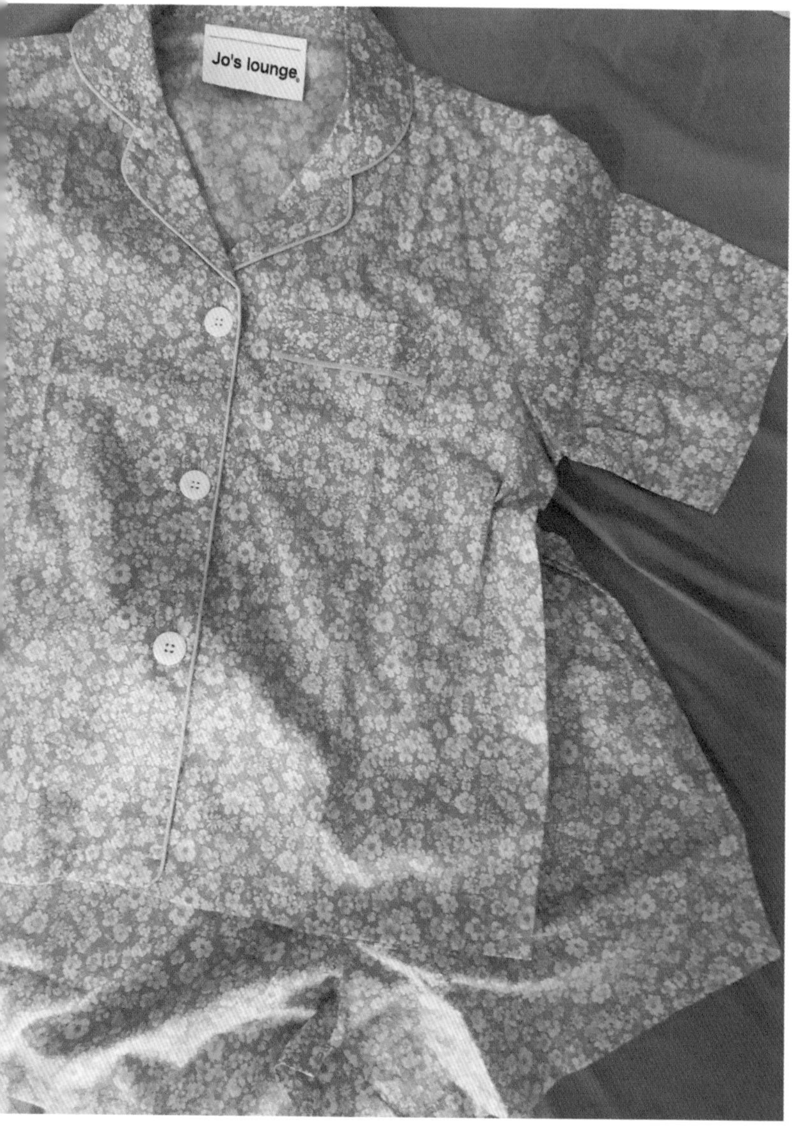
Jo's lounge

옷을 입고, 주방에는 좋아하는 리넨 행주를 두고, 정수기와 화장대에는 강릉에서 사 온 좋아하는 엽서를 붙여두었다. 현관에는 제주에서 사 온 돌고래 장식을 걸어두고, 메모지에 '오늘도 웃자'라고 적어두었다. 이런 장치가 있으면 집안일을 하는 순간도, 물을 마시고 로션을 바르는 순간도, 집을 나서는 순간도 '좋은 순간'이 된다.

적절한 때에 주식을 사 모으는 것도 좋지만, 때로는 나의 기분 좋은 저녁을 사는 것도 좋겠다. 오늘도 나는 주식 한 주 대신 필로우 미스트를, 그러니까 기분 좋은 잠을 샀다. 좋아하는 걸 일상에 쌓아 나가는 건 꽤 멋진 일이다. 그래도 언젠가 잠옷 대신 주식을 사고 싶어지는 때도 오려나. 사람은 늘 변하기 마련이니까.

노래

노래 하나 추천해줘

내 일상에서 절대 빼놓을 수 없는 건 음악이다. 운전할 때도, 설거지할 때도, 일할 때도, 사랑하는 사람들과 시간을 보낼 때도 언제나 노래를 틀어놓는다. 잔잔한 일상에 음악을 곁들이면 작은 행복이 증폭되고 극대화된다.

노래 하나를 꾸준히 듣는 것도 좋아하지만, 새로운 노래를 찾아 듣는 것도 좋아한다. 노래 취향의 폭을 넓히는 방법은 다양하다. 친구들의 추천을 받거나, 가게에서 우연히 듣게 된 노래를 찾아보거나, 연속 재생해둔 플레이리스트의 추천곡에 마음을 빼앗기거나.

록페스티벌에서 새로운 노래를 만나는 건 조금 더 특별

하다. 보통 페스티벌에 가기 전에 라인업을 확인하고, 출연하는 아티스트의 플레이리스트를 미리 듣고 가는 편인데, 막상 가서 보면 현장에서 잘 모르는 곡이나 새로운 아티스트를 접하기도 한다. 탁 트인 공간에서 처음 듣는 노래가 흘러나올 때, 그 노래는 주변의 분위기와 함께 내 인생으로 흘러 들어오게 된다.

우연에 기대는 건 꽤 좋은 방법이다. 라디오에서 우연히 듣게 된 노래, 혹은 우연히 들른 공간이나 여행지에서 듣게 된 노래는 그날의 감정과 분위기를 다시 떠올리게 해준다. 제주에 여름휴가를 갔을 때 부부가 함께 운영하는 '소소오늘'이라는 숙소에 묵은 적이 있다. 서울살이를 하다가 제주에 소소한 행복을 찾으러 내려왔다는 그들은 "이곳에서 지내는 동안 지혜 씨의 소소한 행복을 찾았으면 좋겠다"는 짧은 편지를 남기고, 우리가 입실하기 전 숙소에 재즈 라디오를 틀어놓았다. 폭염으로 지친 상태로 숙소에 들어갔었는데, 시원한 공기를 타고 재즈가 흘러나오던 그때의 분위기를 잊지 못한다. 숙소에 묵는 내내 자는 시간을 빼고는 계속 재즈 라디오를 틀어두었다. 밖에 있다가 숙소로 돌아올 때마다, 아침에 일어날 때마다 얼마나 기분이 좋았는지 모른다.

그 뒤로는 집에서도 소리의 공백을 채우고 싶어지면 TV가 아니라 재즈 플레이리스트를 튼다. 재즈 바에서 음악을 즐기는 것도 좋아해서 기념일마다 꼭 좋아하는 재즈 바를 방문하곤 했다. 푸른빛으로 꾸며진 그 공간에서 와인을 마시면 마치 물속에서 재즈를 듣는 것 같았다. 아쉽게도 지금은 그 공간이 사라져버렸지만, 요즘은 인터넷에 '재즈'라고만 쳐도 종류별로 들어볼 수 있으니 내가 있는 곳을 순식간에 재즈 바로 만들 수 있다. 좋은 스피커나 턴테이블이 없어도 괜찮다. 내 마음과 공간을 채울 수 있는 최소한의 장비만 있으면 된다.

마지막으로, 내 노래 취향의 폭을 넓히는 가장 확실한 방법은 주변 사람들의 추천을 받는 것이다. 내가 좋아하는 노래만으로 플레이리스트가 이미 꽉 찰 정도지만, 나는 주변 사람들의 플레이리스트를 항상 궁금해한다. 새로운 사람을 알게 되면 그 사람에게 노래를 추천해달라고 한다. 그러면 어떨 때는 "40 알아요?" "40살이요?" "아니요, 가수 40(포티)요. 되게 좋은데." 이런 대화를 하게 될 때도 있고, "이 노래 들어봐." "야! 이미 알지! 나 이거 진짜 좋아해."

이런 대화를 하게 될 때도 있다. 플레이리스트를 공유한다는 것은 그 사람의 취향과 생각, 감정을 공유하는 것이다. 내 취향과 같으면 더없이 좋지만, 나랑 정반대인 취향이라도 오히려 좋다. 나는 여러 빛깔로 물들어가는 걸 좋아하는 사람이기에.

요즘도 새로운 노래가 듣고 싶을 때는 친구들과 통화하다가 전화를 끊기 전이나, 잘 놀고 헤어지기 전, 친구들에게 요즘 많이 듣는 노래를 추천해달라고 한다. 나는 이걸 다른 사람의 플레이리스트를 '훔친다'고 표현한다. 플레이리스트를 훔치는 건 새로운 노래를 알 수 있는 기회일 뿐 아니라, 그 사람의 마음과 상태, 관심사까지 알 수 있는 기회다. 내 지인들은 나와 비슷한 결의 사람들이지만, 취향이 각기 달라 다양한 곡을 추천받을 수 있다. 사랑하는 사람들의 추천이 내게는 유튜브나 멜론의 알고리즘보다 더 좋은 최적의 알고리즘이다.

S는 음악을 하는 친구다. 종종 자기가 만든 노래를 들려주기도 하고, 직접 쓴 시를 들려주기도 한다. 저장해두고 매일 듣고 싶을 만큼 좋은데 가끔만 들을 수 있어서 아쉽다. 그 친구는 무인도에 간다면 가져갈 단 하나의 노래라

며, 프랭크 오션Frank Ocean의 'Nikes'를 추천해줬다. S는 이 노래를 들으면 물에 잠겨 죽고 싶을 만큼 좋다고 했다. 친구 D는 솔루션스의 'Ticket to the moon'을 추천해줬다. 나는 여름밤 달리기를 할 때마다 이 노래를 들으면서 달로 가는 티켓을 끊은 듯이 통통 튀어 다녔다.

내 플레이리스트에는 여러 명의 삶이 끼어들어 있다. 그리고 여러 시기의 지혜도 뒤섞여 있다. 17살에 도서관에 다니며 듣던 노래, 21살에 대학교에 다니며 듣던 노래, 24살에 출퇴근하며 듣던 노래, 30살에 집안일하며 듣는 노래. 그 시기의 감정과 관심사에 따라 듣는 노래가 다르다. 이 곡들은 전부 누군가 나에게 해줬으면 하는 말들을 담은, 그때의 내 마음을 그대로 보여주는 노래들이다. 내가 듣는 모든 노래에는 나의 장면이 담겨 있다.

어느 토요일 아침엔 이런 생각이 들었다. 우리 인생을 영화에 빗대어본다면, 오늘 내 인생의 영화 장르는 그날 내가 어떤 노래를 듣는지에 따라 달라지는 게 아닐까. 그날 아침, 나는 일어나자마자 모자를 쓰고 밖으로 나가 저벅저벅 걸었다. 커피를 마시고 싶은데 마침 원두가 다 떨어졌기 때문이다. 비가 와서 습한 데다가 아직 잠이 덜 깨서 원두를 사러 가는 게 귀찮기만 했다. 그러다 평소처럼 이어폰을 귀에 꽂고 좋아하는 노래를 틀었다. 오늘은 히사이시 조의 'Summer'를 듣고 싶었다. 귀에 이어폰을 꽂으니까 이상하게 주변 풍경이 조금 귀여워 보였다. 강아지를 안고 가는 꼬맹이도, 길가에 핀 꽃 한 송이도, 눈치 보면서 나를 구경하는 길고양이도 다 귀여워서 웃음이 났다. 내 하루의 사운드트랙을 위해 날씨에 맞는 선곡, 기분에 맞는 선곡을 하는 건 영화의 배경음악을 고르는 것만큼이나 중요한 일이다.

내가 자주 선곡하는 노래는 90년대 노래들이다. 여행스케치의 '산다는 건 다 그런게 아니겠니', 이상은의 '넌 아름다워'같이 클래식한 노래들. 또 가장 자주 듣는 노래는 어반자카파의 '목요일 밤', 릴러말즈의 'Trip', 죠지의 '언제든 어디라도', 선우정아의 '도망가자'다. 이 노래는 모두 '간단하게 짐을 챙겨서', '잠깐', '숨을 쉬러', '떠나자'는 내용을 담고 있다. 누군가 내 손을 잡고 떠나자고 나서주는 것이 내 로망이다. 물론 내가 직접 내 손을 잡고 자주 도망치지만, 내 마음을 알아주는 사람이 언젠가 "야, 타!"라고 이야기해주길 기대해본다.

플레이리스트를 도토리 모으듯 모으다 보면, 어떤 상황에서도 최적의 노래를 찾아 들으며 행복을 극대화할 수 있지 않을까? 오늘 당신의 플레이리스트에는 어떤 음악이 들어 있을까?

- 좋아하는 걸 찾아가는 40개의 질문, 호비 노트 -

누군가 물어보지 않으면 대답하기 어려운 것들이 있다. 나는 그런 질문들을 스스로에게 던지기 위해 늦은 밤에도, 이른 아침에도 자주 책상 앞에 앉았다. 흩날리던 생각들은 그 앞에서 제 자리를 찾아갔고, 한 줄의 문장으로 정리되었다.

호비클럽의 첫 번째 여름 시즌 프로그램 '여름 시선'을 기획하면서 우리는 몇 가지 굿즈를 준비했다. 필름 카메라와 파우치, 책과 티백까지 담았지만, 무언가 아쉬웠다. 이리저리 머리를 굴리다가 40개 질문이 담긴 '호비 노트'를 만들었다. 40개 질문들은 나를 궁금해하고, 나를 들여다봐야만 답할 수 있는 것이었다. 호비어들과 여름 시즌인 6월부터 8월까지 노트에 답을 채워나가면서, 또 서로의 대답을 기웃거리면서 도대체 나는, 당신은 무엇을 좋아하는지 '생각할 기회'를 마련하고 싶었다.

호비 노트에 적어놓은 40가지 답변은 언제든지 나를 행복하게 만들어줄 수 있는 치트 키다. 어디를 펼치든 거기에는 나를 웃음 짓게 하는 것이 한 가지는 있을 테니까. 좋은

답은 좋은 질문에서 나온다. 나의 마음을 비춰주는 질문들을 따라가다 보면 나에게 가장 솔직해질 수 있고, 내가 좋아하는 것에서부터 취미를 찾고 발전시킬 수 있다.

구글 검색창에 'hobby(취미)'를 검색해보면 'list of hobby(취미 목록)'가 나온다. 각종 스포츠와 댄스부터, 정원 가꾸기와 쇼핑하기, 포스터나 책 수집, 맛집 탐방까지 "이런 것도 취미라고?" 하는 의문이 절로 들 만큼 목록이 어마어마하게 많다.

이처럼 세상에는 무척이나 다양한 종류의 취미가 있기 때문에, 나의 성향과 에너지 레벨을 잘 알고, 내게 맞는 취미 활동을 이어나가는 것이 중요하다. 어떤 취미 활동을 했을 때 좋았는지, 불편했는지를 생각해보면 내가 어떤 성향의 사람인지, 무엇을 좋아하는 사람인지 알게 된다. 그렇기 때문에 나만의 취미 목록을 가지고 있다는 건 삶을 즐거운 기억으로 채울 수 있는 엄청난 치트 키가 있다는 뜻이다.

호비 노트에는 이런 질문들이 담겨 있다.

1. 내가 좋아하는 모든 것

5. 자주 듣는 노래 세 가지

8. 내가 기억하는 여름의 냄새

19. 절대 팔 수 없는 소중한 물건

20. 새롭게 배우고 싶은 것

21. 매일 아침 일어나면 드는 생각

22. 언젠가는 꼭 해봐야지 하는 것

25. 가장 좋아하는 시간대

여름 시즌 모임 첫날, 멤버들과 옹기종기 모여 앉아 1번 '내가 좋아하는 모든 것'에 답을 같이 적어나갔다. 처음엔 다들 뭘 적어야 할지 모르겠다는 표정이었다. '좋아하는 것'이라는 말, 그러니까 모든 걸 담을 수 있는 커다란 항아리 같은 그 말 앞에서 어떤 단어부터 꺼내야 할까 망설이는 모습이 사실 정말 귀여웠다. 심지어 '모든 것'이었으니 어디서부터 어디까지 적어야 할지 애매했을 것이다. 망설이던 멤버들은 이내 손이 아플 정도로 빽빽하게 좋아하는 것들을 적어 내려갔다. 다 적었냐는 질문에 조금만 더 시간을 달라며, 좋아하는 것을 담아내는 모습이 어떻게 사랑스럽지 않을 수 있을까?

내가 적은 목록은 이렇다.

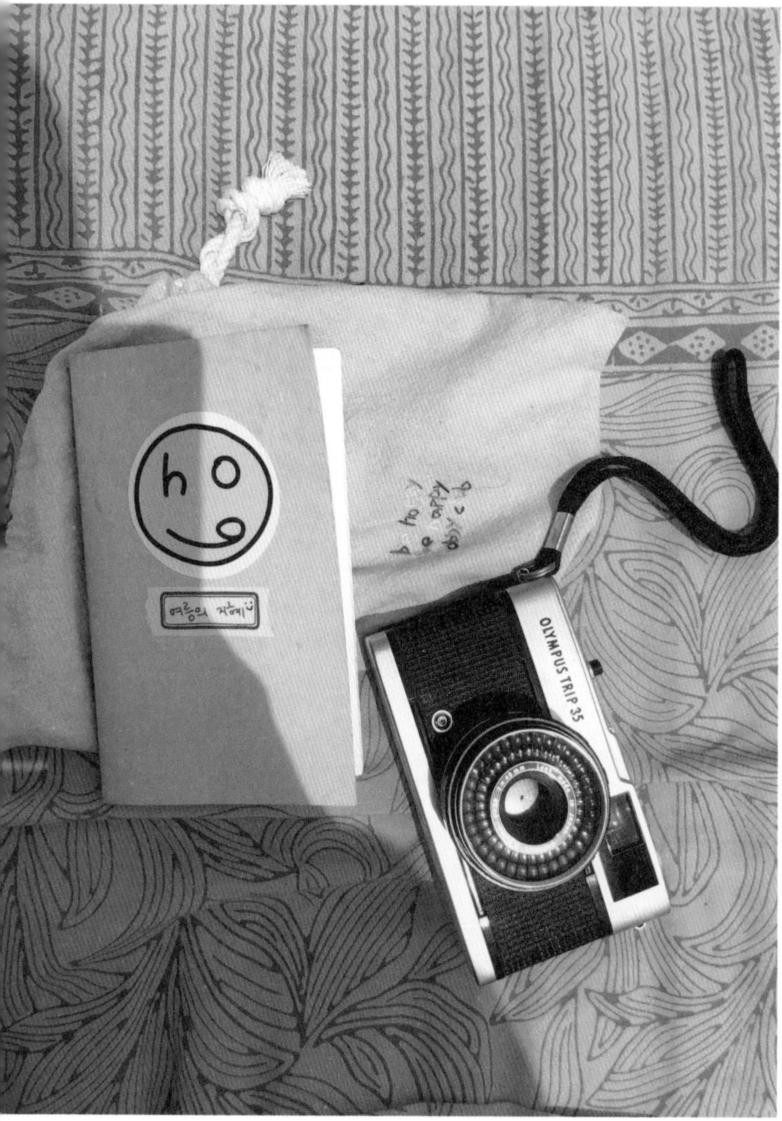
OLYMPUS TRIP 35

크리스마스, 뜨끈한 물로 샤워하기, 한강, 달리고 땀 흘린 뒤에 먹는 맥주, 테니스 끝나고 10시에 라디오 오프닝 음악 듣는 것, 우리 엄마, 바다 수영, 스노클링, 수상스키, 떡볶이, 귀여운 강아지 사진, 여름날 페스티벌, 플레이리스트 공유하기, 뜨거운 햇빛 밑에 누워 있기, 비행기에서 창밖 보기, 산책, 뜨거운 커피, 일몰, 하늘, 친구들이랑 깔깔대기, 새로운 운동하기, 가족들이랑 저녁에 밥해 먹기, 일 벌이기, 테니스 치기, '고맙다, 사랑한다'는 말, 사랑 표현, 따듯한 말들, 웃는 표정, 스니커즈, 오늘의 운세 찾아보기, 행운의 컬러/아이템 확인하고 나 혼자 만족하기, 사람들 구경하기, 새로운 로스터리에서 원두 구경하기, 혼자 영화관에서 맥주 마시면서 영화 보기, 일어나자마자 눈곱만 떼고 산책하기, 운동복 사기, 빵집 다녀오기.

시간제한이 있었으니 이 정도지, 하루 날 잡고 써보라고 하면 정말 끝도 없이 써 내려갈 수도 있다. 나는 좋아하는 게 100억 개, 귀여운 게 천지인 사람이니까. 좋아하는 이유는 웃기게도 참 별것 없다. 자연의 아름다움을 느끼게 해주는 모든 것들이 좋다. 나를 평온하게 해주는 모든 것들이 좋다.

20분 동안 답을 적고, 돌아가면서 자기가 좋아하는 것을 소개하기로 했다. 멤버들을 처음 본 날인 만큼, 서로 무엇을 좋아하는 사람인지 알면 한결 가까워지겠다고 생각해서 마련한 시간이었다.

그때 한 멤버가 가장 먼저 그의 '이름'을 말했다. 나는 내가 제일 좋고, 나로 살아가는 과정이 제일 좋다고.

정말 아차 싶었다. '내가 왜 나를 빼먹었지?' 그의 말에 모두가 허겁지겁 모퉁이에 자기 이름을 적기 시작했다. 이 모든 것들을 온 마음으로 좋아하면서, 왜 '나'는 적을 생각조차 못 했을까? 그 순간의 기억이 너무 강렬하게 남아 이후로도 누군가 좋아하는 걸 물으면 '나'라는 답변이 제일 먼저 생각났다. 다른 것에 마음을 줄 순 있지만, 스스로에게 주는 따뜻한 애정을 이길 순 없다. 좋아하는 게 수백 개인 나도 내가 제일 좋다. 그래야 한다. 그래야 옹졸한 마음을 갖지 않고, 치사하게 마음을 조금 빼두지 않고, 온 마음으로 순수하게 무언가를 좋아할 수 있다. 나를 제일 좋아하는 내가 있으니.

호비 노트는 여름 내내 갖고 다니며 생각날 때마다 적

어야 하니까 한 손에 들어오는 크기로 만들었다. 노트 표지에는 호비클럽 스티커를 큼직하게 붙이고, '여름의 지혜'라고 적힌 이름표를 붙였다. 계절마다, 시기마다 내가 좋아하는 것들은 물 흐르듯 변해간다. 그건 너무 자연스러운 일이다. 다만 그 시기의 내가 무엇 때문에 웃음 지었는지 기록해보고 싶었다.

첫 모임이 끝나고, 두 달이 지난 후에 멤버들과 다시 모였다. 그동안 호비 노트 목록에 새롭게 추가된 것이 있는지 이야기를 나누어봤다. 나는 '내가 좋아하는 모든 것 after 2 month'라는 제목을 달고 그 아래 이렇게 적었다.

> 날 위해 밥 잘 챙겨 먹는 일, 자기 전 이불 바스락거리면서 책 읽기, 한 치의 의심도 없이 완전히 사랑받는 기분, 식물 보듬는 시간, 주방 청소, 나그참파 인센스 스틱, 내 취향 노래 우연히 만나기, 해보고 싶은 게 생기는 순간, 햇빛 아래 수상스키, 맑은 하늘, 시원한 바람, 햇빛, 그릭 요거트.

사실 우리의 여름은 예상보다 지난했다. 코로나가 길어지면서 휴가를 떠나는 대신 집에서 밥을 해 먹고, 책을 읽었다. 하지만 오히려 그래서 좋았다. 외부로 쏟던 에너지를 나에게 집중시키고, 집 안에서 내가 좋아하는 것들을 하나씩 해나가면서 나에 대한 생각을 자주 하고, 조금 더 단단해졌다. 나만 그런 게 아니었다. 다른 멤버들의 삶도 소소하고 평안했다. 왁자지껄하고 다이내믹한 여름 이야기는 없었지만, 일상에서 나에게 집중하고 삶을 단단하게 꾸려나간 순간들이 두 달 안에 꽉꽉 차 있었다. 거기에는 우리가 함께했던 활동 '필름 카메라 찍기'와 '여름과 관련된 책 읽기'도 포함되어 있었다. 그렇기에 그해 우리의 여름이 슬프게만 기억되지는 않겠다는 생각이 들었다. 어떤 멤버는 그 여름을 '혼자였던 계절이지만, 나에게 집중했던 시간'이라고 표현했다. 멋진 말이다.

취미 목록, 그러니까 좋아하는 것들의 목록을 꾸리는 일은 내 삶에 진짜 중요한 것들만 남기고, 삶을 더 심플하게 만드는 과정이다. 겉으로는 너무 많은 것들을 시도하는 것처럼 보일지 모르겠지만, 나를 알아가는 이 과정들을 통해 내 인생에 정말 중요하고 가치 있는 것이 무엇인지 명확히 알 수 있다. 잠깐 해보고 마는 것도 있지만, 반대로 끝까지 지속하는 것도 있을 것이다. 이런 시도 끝에 나와 맞지 않는 건 거름망에 걸러질 것이다. 그럴 때 삶은 더 단순해지고, 더 단단해진다.

매일 내 상태를 확인하면서 지금 내 몸과 마음이 필요로 하는 것을 그때그때 쥐여주자. 내 상태를 가장 잘 알 수 있는 건 나 자신이니까. 호비 노트에 적어놓은 목록들은 그럴 때 요긴하게 쓰일 것이다. 오늘도 좋아하는 것들로 가득 찬 삶, 그러면서도 여유롭고 단순한 삶을 살자는 다짐을 해본다.

- 나만의 호비 노트 만들기 -

내가 어떤 사람인지 알고 싶다면, 이 질문에 직접 답을 적어보세요. 답을 떠올리는 동안 자연스레 내 취미와 취향에 대해 더 깊이 알게 될 거예요.

1. 내가 좋아하는 사소한 순간들은?

2. 필름이 한 장만 남았다면 마지막으로 찍고 싶은 사진은?

3. 가장 자주 듣는 노래는?

- 작가의 호비 노트 엿보기 -

1. 내가 좋아하는 사소한 순간들은?

아침에 일어나자마자 노래를 틀고, 커튼을 걷은 뒤에 드립커피를 내리는 순간. 바쁜 평일 아침에는 쉽게 누릴 수 없는 순간이라, 커피를 내리다 보면 주말이 왔다는 것을 느낄 수 있다. 해 질 무렵 한강대교에서 일몰을 바라보는 순간, 바닷가나 강가에서 햇빛에 반짝이는 윤슬을 보는 순간도 좋아한다.

2. 필름이 한 장만 남았다면 마지막으로 찍고 싶은 사진은?

자연 속에서 웃고 있는 가족들의 사진. 가족과 자연 둘 다 좋아한다. 바다와 산, 나무와 풀을 특히 좋아한다. 자연의 경이로움 앞에 서면 한없이 작아지기 때문이다. 산 위에 올라서 활짝 웃고 있는 사랑하는 가족의 모습을 찍고 싶다. 생각만 해도 웃음이 난다.

3. 가장 자주 듣는 노래는?

오아시스Oasis의 'Whatever'와 페퍼톤스의 '21세기의 어떤 날'. 무엇을 선택하든, 어디에 있든, 무슨 말을 하든 내 자유라는 가사가 마음 가는 대로 살 수 있도록 내게 용기를 준다. 페퍼톤스의 힘찬 멜로디를 들으며 "오늘! 지금! 바로! 여기!" 하고 외치다 보면 발 딛고 있는 곳이 어디든 내 삶이 귀하게 느껴진다. 매일 오늘의 날짜를 넣어서 따라 부르고 있다. 오늘, 지금도 듣고 있다.

2장

✦

먹고 마시는 것도 취미입니다

◦ HOBBY CLUB ◦

먹고 마시는 일은 매일 반복되지만, 여기에 '제철을 누리겠다'는 다짐을 더하면 이 당연한 행위도 특별해진다. 제철을 누리려면 먼저 빠르게 흐르는 시간 속에서 내가 어떤 시절을 지나고 있는지, 그 시기의 나에게 가장 필요한 것이 무엇인지 영민하게 알아차려야 한다. 그럴 때 먹고 마시는 일은 단순히 허기를 달래고 목을 축이는 행동이 아닌, 인생의 또 다른 즐거움이자 행복이 된다.

요리

제철을 누리는 삶, 여름 가지 파스타와 배춧국

내게 제철을 누리는 일은 가장 큰 화두다. 철이 없다는 말은 어쩌면 '제철을 모르고 산다'는 말일지도 모른다. 지금이 씨를 뿌릴 땐지, 추수해야 할 때인지 제철을 알지 못하고 그냥 지나가버리면 잘 익은 열매를 바닥에 투두둑 떨어뜨리거나, 열매를 맺기 위한 첫 단계인 씨 뿌리기를 하기도 전에 제철이 지나가버릴 것이다. 낭만과 순수한 열정을 간직한 채 살아가고 싶지만, 제철을 모르고 정신없이 살아가고 싶진 않다. 언제나 알맞은 때를 알아차리고, 그 시절을 충분히 누릴 수 있는 지혜와 영민함을 터득하고 싶다.

제철을 누리는 방법은 사람마다 다르겠지만, 나는 제철

식재료로 밥을 지어 먹는 것을 즐긴다. 요리를 잘하진 못해도 지금은 어느 식재료가 맛있는지 검색해보고, 산지에서 직접 신선한 재료를 공수해 요리를 해 먹는 과정 자체에서 엄청난 행복을 느낀다.

솔직하게 말하자면 이렇게 제철을 챙기며 음식에 관심을 갖게 된 지는 몇 년 되지 않았다. 27살이 되던 해에 갑작스레 암을 진단받고, 온갖 염증으로 자주 병치레를 했다. 하루에 약을 20알씩 먹고, 일주일에 나흘은 병원을 여러 군데 다니던 때였다. 젊음에 취해 몸을 막 쓴 결과로 찾아온 병이었다. 청춘이니 괜찮을 거라며 매일 술을 먹고, 스트레스를 쉬이 넘겼다. 그러나 병을 크게 앓고 난 뒤부터 내 생각은 완전히 달라졌다. 몸과 마음의 건강이 인생에서 가장 큰 가치로 자리 잡았다.

암 수술을 받았던 여름날, 회복할 때까지 당분간은 맥주도, 땀을 흘리는 운동도, 물놀이도, 햇볕을 쬐는 것도 안 된다고 했다. 하늘이 무너졌다. 내가 가장 좋아하는 것들을 모두 금지당했으니까. 그 시간 동안 '건강'이 얼마나 중요한지 체감했다. 창밖으로 보이는 햇빛이 너무 탐스러워 수술 부위를 꽁꽁 싸매고, 몰래 산책을 나간 적도 있었다. 좋아하는 게 아무리 많다고 한들 몸이 따라주지 않으면 할 수 없다. 내가 좋아하는 것들을 잔뜩 누리고 살기 위해서는 몸과 마음을 건강하게 가꾸어야 했다.

건강한 삶을 꿈꾸다 보니 자연스레 건강한 먹거리에 관심이 생겼다. 나를 계속 괴롭혔던 면역력 저하와 각종 염증 증상이 지긋지긋해서 관련된 책들을 찾아 공부하기 시작했다. 그러면서 신선한 식재료를 건강한 방식으로 요리해 먹는 것이 면역 체계와 염증 체계에 얼마나 큰 영향을 미치는지 알게 되었다. 단순히 염증이 날 때마다 항생제를 먹는다고 될 일이 아니었다. 항생제를 먹으면서도, 술을 함께 들이부었던 20대의 나를 떠올리면 곡소리부터 나왔다. 다시 한번 다짐했다. 제철 음식을 챙겨 먹는 삶을 살기로. 주변에도 그렇게 살겠노라 공표했다.

그런데 막상 실행에 옮기려니 막막했다. 딸기가 어떤 철에 나는지, 꽃게는 언제가 가장 맛있는지, 겨울엔 무얼 먹어야 하는지 아무것도 몰랐다. 봄엔 나물이 나고, 여름엔 수박이 맛있다는 것 정도만 어렴풋이 알 뿐이었다. 이런 나를 구원해준 건 엄마와 남편이었다. 매주 백패킹을 다니는 엄마는 전국을 돌아다니며 계절마다 처음 들어보는 나물과 식재료, 과일을 구해다 주었다. 나중에는 직접 텃밭을 만들어 작게 농사도 짓기 시작했다.

누가 알았겠는가? 내가 눈개승마 밥을 지어 먹고, 쑥국을 끓일 줄이야. 꽃게와 굴을 쪄 먹고, 봄동전과 초당옥수수 밥, 곤드레밥과 죽순 무침을 해 먹을 줄이야. 김치볶음밥도 겨우 하던 내가 초복에는 능이버섯 삼계탕을 끓이고, 엄마가 해주기만 하던 고등어 무조림을 해 먹는다. 시작은 어려웠지만, 막상 하다 보니 재미가 붙었다. 마침 코로나로 재택 근무 기간이 길어지면서 음식을 할 기회가 많아지기도 했고, 유튜브로 레시피를 보면서 하나씩 도전해나가는 게 게임 퀘스트를 깨는 것 같아서 즐거웠다.

가장 즐겨 먹는 메뉴는 무거운 무쇠솥에 해 먹는 솥밥이다. 콩나물, 가지, 표고버섯, 곤드레, 취나물 등 그날 먹고 싶은 신선한 식재료를 넣고 솥밥을 지어 달래장과 쓱싹 비벼 먹으면 끝이다. 간단하지만 건강하게 끼니를 챙길 수 있어 좋다. 물론 지금도 탄수화물, 단백질, 지방 같은 영양 성분을 매끼 고려하거나, 화려한 요리를 하지는 못한다. 그렇지만 한 끼를 해 먹더라도 제철 재료를 고려하고 건강한 방식으로 지어 먹으려고 노력한다. 이 다짐 자체가 내게는 큰 변화다. 치킨이나 햄버거 같은 배달 음식 대신, 집에 있는 신선한 재료로 나를 위해 요리해 먹는 것만으로도 많은 것이 바뀐다.

봄에는 봄동과 냉이, 달래, 두릅, 쭈꾸미를, 여름에는 가지와 자두, 복숭아 같은 여름 과일과 초당옥수수, 가을에는 꽃게와 대봉, 겨울에는 석화와 방어를 먹는다. 이 중 내가 가장 좋아하는 건 놀랍게도 가지다.

지금까지 나는 가지에 딱히 관심이 없었다(여름 가지가 가장 맛있다는 것도 최근에야 알게 된 사실이다). 그러던 어느 날 유튜브에서 우연히 '여름 가지 파스타' 요리 영상을 보게 되었다. 물렁하고, 고소하기도, 달콤하기도 한 가지와 간장을 섞어 만든 파스타에 계란 노른자를 톡 올리면 완성이다. 퇴근하고 지친 몸을 이끌고 집에 돌아온 어느 여름날, 베란다 문을 활짝 열고, 천천히 가지 파스타를 만들어 먹었다. 가지가 이렇게 맛있었나 하면서 놀라고, 귀찮고 피곤했지만 나를 위한 한 끼를 만들어 먹었다는 생각에 뿌듯했다.

가을에는 무와 배추가 내 소울푸드다. 배추를 숭덩숭덩 썰어 된장에 끓이기만 해도 든든한 배춧국이 된다. 무로 지어 먹는 솥밥은 달달하고, 부드럽다. 손발이 차가워지는

계절엔 간단히 배춧국만 끓여 한술 뜨면 몸이 금세 따뜻해진다.

제철 음식을 챙겨 먹는다는 건 시간에 끌려가는 게 아니라 계절의 흐름을 영민하게 알아채고, 내가 이 계절을 어떻게 누릴지 주체적으로 결정하는 일이다. 무슨 가지 파스타 하나에 이렇게 의미를 부여하나 싶기도 하지만, 적어도 나에겐 그렇다. 귀찮음과 피곤함을 무릅쓰고, 이런 계절엔 어떤 식재료가 맛있는지 알아보는 일은 그 계절에 가장 무르익는 것들이 무엇인지 알아차리는 일이니까.

당연한 말이지만 계절은 신기할 정도로 정확하게 24절기로 흐른다. 절기에 따라 어느 때는 낮이 길어졌다가, 또 밤이 가장 길어지고, 추워졌다가 따듯해진다. 내가 가장 좋아하는 절기는 춘분과 소설이다. 춘분은 낮과 밤의 길이가 같아지면서 날이 포근해지기 시작하는 날이고, 소설은 입동으로부터 15일이 지나 '첫눈이 내리는 날'이다. 춘분에는 봄동으로 전을 해 먹고, 소설에는 어묵탕을 먹는다. 나무가 절기에 따라 새순을 내기도 하고, 모든 잎을 떨어뜨리며 추위에 대비하기도 하는 것처럼, 우리도 저마다의 방식으로 계절을 준비한다. 나에게는 제철 음식을 먹는 일이 계절에 발맞춰 걷는 일이다.

요즘은 주기적으로 채소를 보내주는 '어글리어스'라는 서비스를 구독하고 있다. 어글리어스는 조금 긁히거나, 크기가 고르지 못하다는 이유로 상품화가 되지 못하고 버려질 뻔한 채소를 구출해서 정기적으로 배송해주는 서비스다. 모양은 조금 못생겼을지라도 친환경 채소라 그런지 모두 공평하게 맛이 좋다. 버려질 뻔한 채소를 구할 수 있다는 것도 좋은데, 매번 다양한 채소를 보내줘서 새로운 도전을 해볼 수 있다는 점도 좋다. 평소라면 사지 않았을 채소들도 같이 배송되기 때문에 경험의 폭이 넓어지고, 다양한 레시피를 시도할 수 있다. 덕분에 우엉을 직접 손질해서 우엉조림을 해 먹기도 하고, 적양배추와 단호박 레시피를 찾아보기도 했다.

채소 배달이 온 날이면 오늘은 내가 어떤 채소를 구했는지 동봉된 설명서를 천천히 읽어본다. 그러고는 식탁에 앉아 지금 집에 있는 재료들을 정리하고, 요리책을 꺼내 도전해보고 싶은 음식들을 찾는다. 가지 라자냐도 해 먹고, 알배추 구이도 해 먹고, 시금치 뇨끼도 해 먹어야지. 채소를 활용해서 더 많은 요리를 해보고 싶다. 요즘은 세상이 좋아져서 제주에서 제철 채소를 보내주는 서비스도 있고, 채소 요리를 즐길 수 있는 식당도 넘쳐난다. 여러모로 제철을 즐기기 좋은 세상이다. 나이가 들면 이렇게 경험으로 쌓은 제철 음식 데이터와 레시피를 가지고, 사랑하는 사람들에게 계절마다 맛있는 재료로 요리를 대접해야지. 내 밥상에도 소홀해지지 말아야지.

좋은 음식을 먹고, 잘 자고, 잘 쉰다. 쉽고도 어려운 조건이지만, 캐릭터를 키우고 퀘스트를 깨듯 도전하다 보면 더 재미있게 건강한 나를 만들어갈 수 있을 것이다. 내 몸을 돌보며 지금의 계절을 마음껏 즐기는 것도 내게는 하나의 취미다.

올 여름엔 전복솥밥과 가지구이, 참외와 복숭아, 홍감자를 먹으며, 수박을 사흘에 한 통씩 비우며 계절을 보냈다.

차

차 한잔 마시면 해결될 일이야

커피와 차의 속도감은 다르다. 커피가 긴장이라면, 차는 이완이다. 둘은 일상에서 서로 다른 역할을 하며, 나사를 조였다가 풀었다가 삶의 균형을 맞춰준다. 물론 횟수로 따지면 커피를 훨씬 자주 마시긴 하지만, 그럼에도 삶에서 차가 꼭 필요한 순간들이 있다.

할 일이 있을 때는 커피를 내리면서 마음을 준비하고 일에 집중한다. 반대로 밤에 차분하게 생각을 정리하거나, 긴장을 편안하게 풀고 싶을 때는 차를 우린다. 몸과 마음의 온도에 따라 둘 중 하나를 고르기도 한다. 손발이 차가워지고, 마음까지 떨리는 새벽녘에는 커피보다는 따뜻한 차를

택한다. 언젠가 다도를 배우거나 차 지식을 쌓고 싶은 마음도 있지만, 일단은 티백으로 간단히 차를 즐기고 있다. 쉽게 우러나는 작은 티백 하나로도 내 마음을 덥히기는 충분하기 때문이다.

가끔은 차가 귀엽다는 생각이 든다. 정확히는 티백이 너무 귀엽다. 'No stress', 'Relax', 'Good night', 'Balance', 'Energy' 등과 같은 차의 효능이 적혀 있는 티백을 볼 때면, 마치 티백이 스스로 자신이 어떤 효능이 있는지 이름표를 달아 보여주는 것 같다. 그런 의미에서 차를 고르는 과정은 이름표들 사이에서 나에게 지금 필요한 게 어떤 건지 파악하고 골라내는 과정일지도 모른다. 이를 위해 마음을 점검하고, 마침내 그것을 내 몸으로 흘려보내는 의식 말이다. "아, 난 지금 여유가 필요하지" "오늘은 균형이 필요해" "집중력을 끌어올릴 타이밍!" "잘 자게 해주십시오!"……. 일종의 '차 마음'을 고르는 과정이라고 할까. 이런 의식적인 행동과 의미 부여가 너무 좋다.

언젠가는 내가 듣고 싶은, 누군가에게 해주고 싶은 말들을 담은 티백을 만들어보고 싶다. 사랑과 자유, 행복과 다정, 건강과 여유, 성취와 가치에 대한 마음들을 담아 주변 사람들에게 건네고 싶다.

요즘 내게 가장 필요한 '차 마음'은 여유와 균형이다. 두 손으로 쥐었을 때 온기가 잘 느껴지는 적당한 크기의 머그잔을 하나 고른 뒤, 'Relax'라는 이름표를 가진 티백을 찢어 머그잔에 넣는다. 티백 위로 뜨거운 물을 부으면서 점점 다른 색으로 물들어가는 찻잔을 가만히 바라본다. 올라오는 차향을 느끼다 보면 나는 이미 여유로운 사람이 되어 있다. 이런 행위 자체가 내가 나에게 '여유로운 사람'이라는 이름표를 붙여주는 것이다. 갖고 싶은 차 마음을 나에게 물들이는 과정이다. 머그잔을 가까이 가져와 후- 불면 뜨거운 김과 잘 우러난 향이 콧속으로 들어오고, 메말랐던 눈이 촉촉해진다. 몇 번 입김을 불고 차를 마시다 보면 금세 몸이 따뜻해진다.

차가 차갑고 메마른 것을 따뜻하고 촉촉하게 해준다면, 사무실만큼 차가 필요한 공간은 없을 것이다. 메마른 시선과 버석한 웃음이 나뒹구는 곳. 나는 가치를 만들어나가는 내 일을 좋아하지만, 그와는 별개로 매일 발생하는 이슈와 그 이슈를 해결하는 과정에서 스트레스를 자주 받는다. 무언가를 금방 잊는 편이라 지금까지는 그럴 때마다 그냥 잠깐 "악!" 소리를 지르고 넘어갔다. 그런데 요즘은 소리 지르는 대신 동료와 "차 한잔할래요?"라고 말하기로 약속했다. 물론 "차 한잔할래요?"라는 평안해 보이는 그 물음 뒤에는 수많은 말들이 감춰져 있다. 이 물음은 내 마음대로 일이 잘 풀리지 않아 예민해지는 순간 '힘듭니다! 삐뽀삐뽀!' 하고 보내는 긴박한 시그널이다. 그러면 잠시 자리에서 일어나 창가를 바라보면서 차를 우려내고, 천천히 입에 차를 머금으며 생각을 정리한다. 이렇게 흘려보낼 수 있는 일인데, 자리에 앉은 채로 마음속에 계속 담아두고 있으면 결국 독이 되어버린다.

유독 동시에 여러 문제가 터진 날이 있었다. 내가 직접 해결할 수도 없는 문제여서 더 답답했다. 기다리던 도중 "내 마음대로 되는 게 없네"라고 읊조리다가 텀블러 안에 담긴 티백이 눈에 들어왔다. 차가 깊고 진하게 우러나고 있었다. 그래도 차는 내 마음대로 잘도 우러난다고 생각하니 어쩐지 위로가 되었다. 언제든지 뜨거운 물을 붓기만 하면 티백에 든 찻잎은 맛있는 차를 내어준다.

대신 티백을 너무 오래 담가놓으면 쓴 맛이 나기 때문에 적당한 때에 제거해줘야 한다. 커피는 아침에 한 잔, 점심에 한 잔 사 와서 하루 종일 책상 위에 두고 무심하게 마셔도 되는 반면, 차는 우리는 동안 계속 지켜봐줘야 한다. 차를 멍하니 바라보고 있는 그 짧은 순간이 여유를 되찾게 해준다.

돌이켜보면 과거에 고민했던 일들은 대부분 차 한잔하면 해결될 일이었다. 차 한잔할 정도의 여유로 흘려보내면 될 일. 마음이 무거워지거나, 속상해지는 순간은 언제든지 찾아온다. 이럴 때는 차를 우려내면서 욕심을 내려놓는다. 세상의 모든 것들은 각자의 고유한 특성이 있다. 거기서 좋은 것만 모아서 보려고 하는 건 내 욕심이다. 고유한 사람과 시간과 공간을 있는 그대로 받아들이고, 품고, 즐기는 것, 존중하고 귀하게 여기는 것 그리고 온전히 느끼고, 지지하는 것. 내가 할 수 있는 건 그뿐이다. 이 마음으로 주변의 고유함을 마주하면 욕심을 내려놓게 되고 차분해진다. 마음의 파도는 다른 곳이 아닌 내 마음에서 만들어진다. 한강에 아무리 돌을 던져도 한강엔 그 돌 때문에 파도가 일지 않는다. 강이 도리어 그 돌을 삼켜버릴 뿐이다. 누가 내 마음에 돌을 던져도 요동하지 않을 힘은 나에게 있다.

명상을 배울 때 가장 기억에 남았던 단어가 있다. 모든 것은 변한다는 뜻의 '무상Anicca'이다. 영원히 맑은 날도, 영원히 비 오는 날도 없다. 속상함도, 가라앉는 마음도 언젠가 지나간다. 모든 것이 지나갈 걸 알기에 차를 마시며 그 마음을 되도록 빠르게 흘려보내려 한다. 취미에는 즐거움이나 행복감을 더해주는 효과도 있지만, 내게 있는 부정적인 감정과 힘든 마음을 빠르게 흘려보내고 해소시켜주는 효과도 있다.

내 마음에는 자주 큰 파도가 친다. 그래서 거센 파도에 휩쓸려 심연으로 들어갈 때면 헤엄쳐 올라올 수 있도록 도와주는 무언가가 필요하다. 요즘은 차를 우리는 시간이 나를 천천히 수면 위로 올라오게 해준다. 아, 차를 마시다 보니 요가도 다시 시작하고 싶어진다. 일렁일렁, 무언가를 좋아하는 마음은 금세 온 마음을 물들이고, 징검다리를 놓아 나를 또 다른 세계로 이끈다.

드립커피

좋아하는 마음은 나의 세계를 넓히고

한때는 드립커피가 조금 느끼한 취미라고 생각했다. 드라마 속 로맨스의 주인공들이 뒷짐을 지고 커피를 내리며 느끼하게 웃는 장면이 떠올랐기 때문이다. 물론 드라마를 많이 본 나의 편견일 뿐 드립커피는 느끼하지 않다. 인터뷰에서 커피 내리는 시간을 좋아한다고 답하는 사람들을 많이 봤지만, 잘 공감이 되진 않았다. 드립커피를 제대로 알려면 커피란 무엇인지부터 시작해서 전문적인 지식을 쌓아야 할 것 같은 부담감도 있었다. 가끔 카페에서 드립커피를 주문해본 적은 있어도 직접 내려본 적은 없었으니, 좋을 거라는 상상조차 하지 못했다. 그런 내가 드립커피를 내려 마시게 된 건 호비클럽 가을 시즌부터였다.

호비클럽의 가장 중요한 회의 안건은 '제철 취미로 무엇을 선정할 것인가'다. 의사 결정 주체는 대표님도 이사님도 아니고, 호비클럽의 세 주인장. 다시 말해 우리가 해보고 싶었던 활동이 최우선 고려 대상이다. 가을 시즌의 취미로 가구 만들기부터 라탄 공예와 트래킹까지 다양한 활동이 후보로 올랐는데, 그중에서도 막연히 멀게 느꼈던 드립커피가 가장 강력한 후보가 되었다. 드립커피로 어떤 활동을 구성할지 머리를 싸매다가, 문득 우리가 간과하고 있던 한 가지 사실이 떠올랐다. 호비클럽 주인장 중 한 명인 윤영이 북아현동에서 카페를 운영하는 사장님이었다는 사실을. 그렇게 윤영의 도움으로 가을 시즌에는 드립커피의 매력을 알아가보기로 했다.

드립커피의 기초부터 친절하게 잘 알려주는 클래스는 이미 많지만, 전문적인 지식보다는 드립커피가 '왜 좋은지' 그 이유를 알고 즐기고 싶었다. 그래서 정해진 커리큘럼의 클래스를 수강하는 게 아니라, 우리만의 클래스를 직접 만들기로 했다. 코로나가 가장 심했던 시기였기 때문에 오프라인 클래스는 상상할 수 없었다. 현장감이 중요할 것 같은 드립커피 클래스를 온라인으로 진행하는 게 맞을지 고민이 되었다. 그래도 가장 편한 공간에서 커피를 내리는 경험을 하는 것도 좋지 않겠냐는 생각으로 온라인 클래스를 열었다.

오, 놀랍게도 아무도 신청하지 않았다! 커피를 내리는 데 필요한 준비물과 원두를 포함하다 보니 금액대가 높아진 게 문제였는지, 온라인으로 진행되는 방식이 매력적이지 않았는지 정확한 원인을 알 수는 없지만, 결국 우리 셋이서 클래스를 진행하게 되었다. 사람들이 신청을 안 한 이유가 궁금하긴 했어도 좌절하지는 않았다. 처음부터 돈을 벌려고 시작한 것도 아니고, 그저 궁금했던 취미를 '같이 해보자'고 제안하려던 것 뿐이니까.

"없어? 그럼 우리끼리 해보지 뭐!"

비가 오던 일요일 아침, 우리는 윤영의 카페에 모였다. 우리의 선생님은 드립커피를 충분히 좋아하며, 즐기고 있는 윤영의 어머니였다. 드리퍼와 커피그라인더, 주전자, 저울 같은 기본적인 준비물과 다양한 종류의 원두도 준비했다. 부산의 유명한 로스터리 '베르크로스터스', 이미 귀여운 굿즈와 브랜딩으로 잘 알려진 '프릳츠', 팬층이 두터운

'펠트'의 원두까지, 평소에 궁금했던 원두를 모았다. 카페 가는 걸 누구보다 좋아하지만 커피를 못 마시는 친구를 위해 디카페인 원두도 준비했다.

클래스를 하는 동안 원두를 분쇄할 때 입자의 크기와 무게에 따라 맛이 어떻게 달라지는지, 커피를 내리는 물의 온도는 얼마가 적당한지, 물을 부을 때 몇 분씩 기다려야 하는지 등 여러 지식을 배웠다. 타이머로 시간을 재면서 자세히 배웠는데, 정작 클래스가 다 끝나고 내 기억에 남은 건 진한 커피 향과 비틀스 노래가 들리던 그 공간의 편안한 분위기였다. 여유롭게 커피를 내려 마시던 그 장면은 머릿속에 오래도록 남았다. 그리고 곧 그 장면은 내가 드립커피를 마시는 '이유'가 되었다. 다른 이들도 이런 이유로 드립커피를 좋아하는 걸까?

그날 이후로 주말이면 드립커피를 내려 마시며 행복했던 그 장면을 재현하고 있다. 여전히 물의 온도나 내리는 방법은 크게 신경 쓰지 않는다. 그냥 원두를 천천히 갈고 커피를 내리는 그 시간을 온전히 즐기는 것만으로도 내겐 충분하다. 분명 언젠가는 더 깊이 알고 싶어질 테니 그때까지는 가볍게 즐기는 마음으로 두고 싶다.

박선아 작가의 에세이 《어떤 이름에게》에는 이런 말이 나온다.

> "얼마 전, 네가 커피가 놓인 사진을 한 장 보냈지, 커피 잔에 "Be strong, I whisper to my coffee"라고 쓰여 있었어. 그거 읽은 뒤로 아침마다 커피의 검은 부분을 들여다보면서 속으로 주문을 걸곤 해. 어떤 날에는 '강해지자!'라고 말하기도 하고, 또 어떤 날에는 '무심하게, 자유롭게'라고 다짐하기도 해. 커피 한 잔에 바라는 것을 주문으로 넣어두고 그걸 마시면 어쩐지 그렇게 될 것 같은 기분이 들더라."
>
> 박선아, 《어떤 이름에게》 중에서, 안그라픽스, 2017.

이 책을 읽고 나서 나도 커피에 주문을 외우기 시작했다. 특히 프릳츠의 'Everything good(잘되어 가시나)'이라는 이름의 원두를 내려 마실 때는 정말 '모든 게 잘될 거야'라는 마음으로 커피를 내리고, 그 마음이 담긴 커피를 온몸으로 흘려보낸다.

호비클럽 가을 시즌에는 원래 드립커피 클래스뿐 아니라, 커피를 내려 마실 잔을 직접 만드는 도예 클래스까지

포함되어 있었다. 날 좋은 주말, 멤버들과 함께 빛이 잘 드는 도예 카페에 가서 컵과 그릇을 하나씩 만들어왔다. 그 컵에도 'Everything good'이라는 문구를 새겼다. 이제 나의 주말 아침을 제대로 즐기기 위한 준비물은 'Everything good 세트'다. 원두와 컵, 그리고 잘될 거라는 마음까지. 계속 되새겨도 정말 마음에 드는 말이다. "Everything good!"

좋아하는 마음은 나의 세계를 조금씩 넓힌다. 요즘은 직접 로스팅한 원두를 판매하는 카페에 가면, 괜히 한 번 더 원두에 눈길이 간다. 원두 앞을 서성거리고 있으면, 직원이 이런저런 설명을 해준다. 설명을 듣고 새로운 원두를 하나씩 시도해보면서 나만의 취향을 찾아가는 것도 나름의 재미가 있다. 몇 번의 경험 끝에 나는 초콜릿 풍미가 나는 묵직한 원두를 좋아한다는 걸 깨달았다. '내가 이런 커피를 좋아하는구나.' 이렇게 나의 데이터가 또 한 줄 쌓이면, 선택해야 하는 순간이 올 때 이 데이터를 활용해 나의 행복을 증폭시킬 수 있다. 단순히 '커피가 좋다'였던 마음은 점차 더 선명하고 구체적인 모양으로 변해갔다. '진심으로 내려주는 드립커피'가 좋고, '저마다의 색이 있는 로스터리의 원두'가 좋고, '원두를 갈아 내려 마시는 나만의 시간'이 좋다는, 다채로운 빛깔의 마음으로.

좋아하는 마음은 내가 아는 세계 안에서만 움직일 수밖에 없다. 경험해보지 못하면 좋아할 수 없고, 좋아할 기회도 놓치는 것이다. 반대로 생각하면 오히려 그렇기에 설레고 두근댄다. 아직 세상엔 내가 가보지 못한 곳도 많고, 경험해보지 못한 즐거움도 많으니까. 하나씩 새롭게 경험할 때마다 좋아하는 마음은 얼마나 커질까. 새로운 나라가, 문화가, 사람이 궁금한 이유다. 알고 싶다. 내가 뭘 좋아하는지, 뭘 좋아하게 될지.

그해 비가 쏟아지던 여름, 비틀스의 음악이 흐르는 주말이 아니었다면 내 마음의 장벽은 느끼한 취미라고 생각했던 드립커피를 호락호락하게 내 세계로 들였을까? 뭐든지 계기가 필요한 것 같다. 다른 세계가 조금이라도 궁금하다면, 의도적으로 계기를 만들어보자. 계기가 있다면 나의 세계가 한 뼘쯤은 더 넓어질 수 있다. 그 한 뼘이 나의 행복도 한 뼘 더 키워줄 것이다.

마음이 힘든 날에도 커피를 내리며, 일기를 쓴다. 살다 보면 마음이 저릿한 순간들이 있다. 멍하니 천장을 바라보다가 나도 모르게 베갯잇을 적시게 되는 순간도 있다. 그럴 땐 내일 아침 일찍 일어나 맛있는 커피를 내려 마시며, 책을 읽어야지 생각하며 잠든다. 아침은 반드시 찾아올 테니까.

칵테일

세상에 하나밖에 없는 '동백' 칵테일

록페스티벌에서 맥주를 들고 미친 듯이 뛰어노는 건 대체할 수 없는 취미다. 해마다 봄부터 가을까지 좋아하는 뮤지션의 노래를 들으며 스테이지를 뛰어다니면서 압도적인 행복을 맛보았다. 그런데 코로나로 페스티벌은 고사하고, 겨우 공연이 열리더라도 공연장 곳곳에 '함성 금지'라는 안내문이 대문짝만하게 붙어 있었다. 이런 공연은 나의 갈증을 해소해주지 못했다. 가장 좋아하는 취미를 잃어버린 그해 가을, 페스티벌 대신 새로운 취미를 찾기로 했다. 바로 칵테일 만들기였다.

사실 칵테일을 엄청나게 좋아하진 않는다. 칵테일보단

맥주가 좋다. 그래서인지 나와는 반대로 칵테일에 푹 빠진 오빠가 신기했다. 바텐더의 세계가 궁금하다고 칵테일 레시피를 엄청나게 공부하더니 진짜로 바텐더가 된 나의 오빠(몇 년간 다양한 칵테일을 만들다가 지금은 또 다른 세계로 뛰어들었다). 오빠는 늘 나에게 심심하면 바bar에 혼자 놀러 가보라고 말했다. 아무리 사람 만나는 걸 좋아하는 나라도 왠지 그건 좀 쑥스러웠다. 시선을 어디에 두어야 할지 모르겠다고 할까. 가끔 바에 가더라도 오빠 뒤만 졸졸 따라다녔다. 생일에 바에 놀러 가면 (물론 오빠와 함께) 오빠의 다정한 동료들이 세상 처음 보는 휘황찬란한 생일주를 만들어주기도 했다. 그럴 때마다 바텐더들이 '샤카샤카' 소리를 내며 셰이커를 흔드는 모습이 내심 재미있어 보였다.

나도 그 '샤카샤카'를 해보고 싶었다. 오빠에게 칵테일을 알려달라고 몇 번을 조른 끝에, 드디어 나만을 위한 원데이 클래스가 열렸다. 장소는 오빠가 주말에 일을 돕고 있는 한 바. 영업이 끝난 새벽 시간에 가게 문을 닫고 진행했다.

본격적으로 수업에 들어가기 전, 먼저 수강생의 취향을 파악해야 하는 법이다. 자리에 앉아 여러 종류의 칵테일을 맛보면서 내 취향을 추려보았다. 지금껏 칵테일을 마실 때는 늘 어디서 들어본 것 위주로 마셨다. 그래서인지 '취향'을 찾으려고 하니 어렵게 느껴졌다. "어떤 스타일의 칵테일 좋아해? 어떤 취향이야?"라는 질문 자체가 부담스러웠다. 칵테일은 잘 모르니까. 그렇지만 선호하는 스타일을 알아야 그걸 중심으로 레시피를 배울 수 있으니, 취향을 파악하는 건 너무나도 중요한 단계였다.

많이 경험해봐야 자기 취향도 아는 법이다. 오빠는 '단 것 빼고'라는 나의 러프한 기준을 듣고서 내 취향에 맞을 법한 칵테일을 하나씩 만들어줬다. 바의 끝부분에 걸터앉아 주는 대로 홀짝홀짝 마시다 보니 내가 어떤 칵테일을 마실 때 조금 더 미소를 띠는지 알 것 같았다. 달콤하고, 상큼한 맛이 나는 칵테일보다는 조금 담백하고, 담담한 느낌의 칵테일이 좋았다. 담담한 칵테일이라니, 이 또한 애매한 표현이지만, 예를 들면 이런 종류의 칵테일이다. 카미카제, 모히토, 김렛, 다이키리, 스크루드라이버, 코스모폴리탄, 오렌지스쿼시, 마티니……. 오빠는 이런 나의 취향을 고려해 오늘 클래스에서 만들어볼 칵테일 리스트를 뽑아주었다. 본격적으로 수업이 시작될 즈음엔 이미 알딸딸하게 취기가 오른 상태였다.

칵테일에는 정답이 없다. 같은 칵테일도 바텐더마다 만드는 방식이 다르다고 한다. 레시피가 있어도 입맛에 맞게 조금씩 제조법을 바꿀 수 있는 유연함이 좋았다. 그리고 무엇보다도 레시피를 바꾸는 족족 원하는 이름을 붙여 나만의 칵테일을 만들 수 있다는 게 정말 매력적이었다.

집에 모든 술을 다 갖출 수 없으니(그러고 싶지만) 최대한 효율적으로 홈 바를 이용할 수 있게 레시피를 짜보았다. 맥주랑 청하만 마실 줄 알았던 내게 칵테일의 세계는 완전히 다른 세상 같았다. 칵테일은 진, 럼, 보드카 등 다양한 베이스로 만들 수 있는데 처음 1시간은 럼이 뭔지, 보드카가 뭔지 어떤 술이 있는지 계속 헷갈렸다. 지금까지는 그냥 주는 대로만 마셨던 탓에 내가 럼을 좋아하는지, 보드카를 좋아하는지 생각해본 적도 없었고, 생소했다. "그래서 핸드릭스가 뭐라고? 스미노프는 럼이라고?" 나름 열심히 질문을 했지만, 여전히 헷갈렸다(사실 지금도 헷갈린다).

칵테일을 만들기 전에 잔은 항상 냉동실에 넣어두거나 얼음을 넣어 차갑게 만들어야 하고, 칵테일 위에 얹는 가니시는 칵테일에 들어간 재료를 알려주는 용도로 사용한다고 한다. 오빠는 가지각색의 칵테일 레시피부터 시작해서 이 칵테일은 왜 이런 이름을 가지게 된 건지, 왜 이런 방식으로 만들어야 하는 건지, 칵테일을 만들 때 이 행동을 하는 이유는 뭔지 자세히 가르쳐주었다.

설명을 들을수록 칵테일의 세계에 빠져들었다. 스크루드라이버는 공장 사람들이 드라이버로 술을 저어 마셨다는 설에서 유래되었다. 김렛과 다이키리는 레시피가 같지만, 베이스가 다르다. 김렛은 헨드릭스나 봄베이 같은 진을 베이스로 한 칵테일이며, 다이키리는 바카디 같은 럼을 베이스로 한 칵테일로, 라임 주스, 설탕을 함께 섞어 만든다. 오렌지스쿼시를 만들 때는 오렌지 대신 내가 좋아하는 제철 과일을 넣어도 된다. 과일을 잘라 설탕과 함께 빻은 다음, 보드카와 라임 주스를 넣고 흔들면 제철 과일 스쿼시 완성!

여러 레시피를 배운 끝에 드디어 나만의 레시피로 새로운 칵테일을 만들어보았다. 위스키 베이스에 홍초를 넣었더니, 동백꽃처럼 붉은색을 띤 칵테일이 탄생했다. 나는 사랑한다는 꽃말의 동백꽃을 떠올리며, 이 칵테일에 '동백'이라는 이름을 붙여주었다. 당시 동백이라는 동네에 살고 있던 터라 사람들을 집에 초대해서 웰컴 드링크로 꼭 이 칵테일을 만들어주고 싶었다. 동백 하우스에서만 맛볼 수 있는 칵테일이라는 말도 덧붙이며. 나만의 칵테일 레시피를 가진 자의 든든함은 이루 말할 수 없었다.

집에 돌아온 후 거실 한쪽에 작은 홈 바를 만들었다. 장비를 갖추고, 몇 가지 술을 사고, 가장 좋아하는 공간을 새롭게 꾸몄다. 각 맞춰 세워둔 장비들 옆에 나만의 레시피 책을 두었다. 몇십 년 숙성된 좋은 술은 없지만 괜찮다. 내가 좋아하는 칵테일을 스스로 만들어 먹을 수 있는 어른이 되었다는 것만으로도 충분했다.

칵테일의 세계는 가끔 나를 새로운 곳으로 데려가주었다. 기분이 울적하던 어느 날, 맥주도 사고 산책도 할 겸 집을 나섰는데 친구에게 전화가 왔다. 어디냐는 물음에 기분이 안 좋아서 술을 사러 간다고 하니, 친구가 기가 막힌 술이 하나 있다며 '말리부 파인'을 추천해주었다. 말리부에 파인애플을 섞어 마시는 간단한 칵테일이었다. 그동안 잠시 동백 칵테일은 잊고, 간편한 맥주만 찾아왔는데, 오랜만에 칵테일을 마시는 것도 괜찮을 듯했다. 잊고 있던 칵테일의 세계를 떠올리며, 얼마 전에 산 새로운 칵테일 잔을 꺼냈다. 안주는 엄마가 텃밭에서 키운 복숭아와 포도다. 안주와 칵테일을 들고 와 뱅뱅 돌아가는 선풍기 앞에 앉으니 맥주 마실 때와는 기분이 또 다르다. 셰이커에 재료를 넣고 샤카샤카 흔들어, 귀여운 칵테일 잔에 쪼르르 따랐다. 노란 조명 아래에서 젖은 머리를 말리면서 말리부를 마시는 기분이란.

좋아하는 일이 생기면 흠뻑 빠져버리는 오빠에게 또 다른 세계를 배웠다. 코로나가 앗아가 버린 줄 알았던 취미의 세계에 또 다른 취미가 들어섰다. 취미도 변한다. 예전부터 좋아했던 일이라도 어느 순간 그만두기도 하고, 단 한 번도 해보지 않았던 일이라도 단숨에 빠지기도 한다. 내가 변하듯 취미도 변하는 것뿐이다. 좋아하는 마음은 항상 그 자리에 있지 않다. 좋아하는 마음이 어디로 향하는지, 통통 튀는 그 마음을 잘 지켜보아야 한다. 모든 것은 변한다. 나도, 내가 좋아하는 것들도.

그러니, 하나의 세계를 잃으면 또 다른 세계를 찾아 나서면 된다.

맥주와 막걸리

날이 좋으면 낮술이 빠질 수 없지

햄버거를 시킬 때 감자튀김이 빠질 수 없듯이, 내게도 없어선 안 될 그런 존재가 있다. 삶의 감칠맛과 농도를 한층 진하게 해주는 존재, 바로 술이다. 술은 모든 계절이 제철이지만, 그중에서도 유독 그 계절에 잘 어울리는 술이 있다. 봄에는 봄동전에 막걸리를 곁들이고, 여름에는 빨간 포장마차 의자에 앉아 시원한 생맥주를 들이켜고, 겨울에는 따뜻한 어묵 바에서 청하를 마셔야 한다.

여기서 하나 말해둘 것이 있다. 비극적이게도 이렇게 술을 좋아하는데도 나는 한 잔만 마셔도 온몸이 벌게지고, 가슴이 두근거리는 '술 잘 못 마시는 유전자'를 타고났다.

그런 몸뚱이를 가지고도 부지런히 술을 즐겼다. 가장 좋아하는 건 좋아하는 음식에 곁들이는 반주다. 삼겹살을 먹을 땐 맥주가 빠질 수 없고, 바다 내음을 맡으며 회를 먹을 땐 청하가 빠질 수 없다.

20살부터 시작된 나의 음주 역사는 여러 취향의 갈래로 뻗어나갔다. 20대 초반에는 수제 맥주에 빠졌고, 중반에는 청하에 빠졌다가, 최근에는 오렌지 와인의 매력에 빠졌다. 그래도 언제나 나의 최애는 '맥주'다. (얼마 전 한의원에서 몸이 차가운 편이어서 맥주가 체질상 맞지 않는다는 비극적인 소식을 들었다. 아, 물론 이건 최근에 알게 된 사실이어서 수제 맥주에 빠져 있던 그 당시에는 전혀 신경 쓰지 않았다.)

독일 교환학생 시절에는 기숙사 냉장고에 맥주를 가득 넣어놓고 마셨다. 마트에 들어가면 늘 맥주 판매대를 들렀다. 거기엔 온갖 종류의 처음 보는 맥주가 있었다. 한국 돈으로 1천 원도 안 되는 저렴한 맥주도 많았다. 그야말로 물보다 맥주가 싼 곳이었다. 나는 그렇게 생활비를 아낀다는 명목으로 물 대신 맥주를 마시기 시작했다. 아침마다 내 방에는 맥주 캔 따는 소리가 울려 퍼졌다.

맥주는 크게 라거와 에일로 나뉘는데, 독일에 가기 전

까지 나는 자주 마셨던 맥주 '카스'가 라거 종류였기 때문에 맥주 하면 곧 '라거'를 떠올리곤 했다. 물론 편의점에서도 세계 여러 나라의 맥주를 접할 수 있었지만, 그때는 만드는 방식의 차이나 양조장 같은 정보는 관심 밖이었고, 그저 취하기에 바빴다. 그런데 독일에서 라거 외에도 에일 맥주를 비롯한 다양한 종류의 맥주를 맛보면서, 독특하고 풍부한 향의 에일 맥주에 푹 빠지게 되었다. 맥주가 내 키보다 높게 쌓여 있는 독일 마트의 맥주 판매대를 자주 드나들며, 맥주의 세계가 얼마나 다채로운지, 지역마다 만드는 사람마다 얼마나 특색이 다양한지 새삼 깨달았다. 단순히 취하기 위해 마시는 게 아니라, 맛을 즐기려고 마시게 된 건 그때부터였다.

한국으로 돌아온 후에는 이태원 경리단길에 있는 펍을 자주 갔다. 국내에서도 개인이 소규모 양조장을 만들 수 있게 되어, 특색 있는 다양한 수제 맥주가 마구 탄생하던 시기였다. 벽 한쪽을 가득 채운 메뉴판과 맥주 탭은 내 마음을 두근거리게 했다. 그렇게 밤공기를 마시며 수제 맥주를 찾아다니던 나는 결국 수제 맥주 축제까지 섭렵했다. 코엑스 앞에 여러 수제 맥주 양조장이 모여 자신들의 맥주를 선

보이는 축제였는데, 프레츨로 만든 목걸이를 목에 걸고, 맥주 한잔 손에 들고 마시며 목걸이에 달린 과자를 하나씩 씹어 먹었던 그 봄날을 잊지 못한다.

2020년 봄은 막걸리를 다시 보게 된 계절이다. 원래 내게 막걸리는 등산 갔을 때와 비 올 때처럼 특별한 상황에서만 마시는 술이었다. 그런 내가 더 넓은 막걸리의 세계를 경험하게 된 건 2020년 봄에 시작된 호비클럽 첫 활동 덕분이다. 당시 우리는 영화 〈리틀 포레스트〉에 빠져 있었다. 제철 음식을 만들어 먹으며, 흘러가는 계절을 온전히 느끼는 주인공의 모습은 내가 동경하는 삶이었다. 그중에서도 특히 막걸리를 만드는 장면(그리고 그 뒤에 얼큰하게 취하는 장면)이 인상 깊었다. 그 장면으로 들어가고 싶을 만큼. 그래서 직접 해보기로 했다. 영화 속 배경은 시린 바람이 부는 한겨울이었지만, 우리는 새순이 돋아나는 봄에 막걸리를 만들었다.

단순하게 '막걸리를 만들자' 하고 시작했는데, 쉬운 일이 아니었다. 알면 알수록 다양하게 즐길 수 있는 맥주의 세계처럼, 막걸리의 세계도 무한했다. 내가 막걸리를 마실 때 당연하게 선택했던 '장수막걸리'는 '카스' 같은 존재였달까.

막걸리를 만들기 전에 먼저 호비클럽 멤버들과 다양한 맛의 막걸리를 경험하면서 취향을 찾아보는 시간을 갖기로 했다. 이름하여 '막걸리 플렉스' 파티. 지금까지 내가 마셨던 막걸리는 내 취향에 따라 선택한 거라기보다는 그냥 당연하게 다른 사람을 따라, 구하기 편하다는 이유로 선택한 거였다. 그 당연함을 깨고, 나만의 당연한 선택지들을 갖고 싶었다.

궁금했던 막걸리 종류를 찾아서 리스트를 만들었다. 우리나라에 이렇게 막걸리 주조장이 많았다니 감탄이 절로 나왔다. 수제 맥주처럼 수제 막걸리를 만드는 곳도 정말 많았다. 그중에서도 단맛을 내는 인공감미료 아스파탐을 넣지 않고, 쌀과 물, 누룩으로만 발효시켜 만든 '무無아스파탐' 막걸리가 눈에 띄었다. 막걸리를 마신 후에는 유난히 숙취가 심한데, 그게 이 아스파탐 때문이었다고 하니 무아스파탐 막걸리로 파티를 벌이면 얼마나 좋을지 더 기대되었다.

우리는 멤버들이 최대한 다양한 막걸리를 경험할 수 있

도록 기본 맛부터 홍차가 들어간 특이한 맛까지, 도수도 2도부터 9도까지 여러 종류의 막걸리를 '플렉스'했다. 그중에서도 내가 특히 기대했던 건 아는 사람만 안다는 '송명섭 막걸리'. 이 막걸리로 말할 것 같으면 담백함의 극치요, 그 어떠한 것도 첨가하지 않아 흰 티에 청바지 같은 기본 중의 기본인 맛을 내는 막걸리다. 하지만 도매밖에 취급하지 않아 소매점에서는 구할 수가 없었다. 그래서 직접 도매 업체에 전화해 몇 개만 구하고 싶다고 사정했고, 결국 업체가 회사 근처로 배달 오는 시간에 맞춰서 밖으로 뛰어나가 트럭에서 막걸리를 받아왔다. 막걸리 파티 이후 사용할 막걸리 만들기 키트는 느린마을 양조장의 키트로 준비했다.

이번 프로그램을 함께한 호비어는 10명 남짓이었다. 처음 보는 사람들이 모여 막걸리 잔치를 한다는 사실에 가슴이 두근거렸다. 막걸리 플렉스 당일, 호비어들과 종류별로 막걸리를 시음하고, 알딸딸한 상태로 나만의 막걸리를 만들었다. 내 막걸리의 이름은 '행복하주'! 만든 막걸리는 각자 집에 가지고 가 일주일간 발효시키기로 했다. 일주일 뒤 한강에서 다시 모여 우리가 만든 막걸리를 맛보았다. 안타깝게도 그사이에 집 안에서 막걸리가 터져버린 사람도 있

Hobby Club Hobby Club Hobby Club
Hobby Club
Makgeolli
Flex
HIBROW
HIBROW

었다. 신기하게도 모두 같은 재료로, 같은 방법으로 빚은 술인데 맛이 전혀 달랐다. 물의 양이나 발효 환경에 따라 달라진 거겠지만, 빚은 사람의 마음이 들어가서 그런 건 아닐까.

직접 빚은 술을 친구들과 나눠 마시다니 퍽 재밌는 삶이라는 생각이 들었다. 호비클럽이 아니었다면 영영 알지 못했을 호랑이막걸리와 송명섭막걸리를 맛보았고, 막걸리의 세계를 조금 더 즐길 수 있게 되었다. 막걸리를 마실 때마다 숙취는 아스파탐 때문이라며 아는 체를 할 수도 있었다.

나는 술이 좋다. 술김에 털어놓는 속마음도 좋고, 술 한잔에 커지는 웃음소리도 좋다. 첫눈 오는 날 창문에 김이 잔뜩 서린 어묵 바에 들어가 코트를 벗어두고 사케 한잔 마시는 것도 좋고, 편의점에서 묶음으로 된 든든한 캔 맥주를 사 오는 것도 좋고, 늦은 밤 라디오를 들으며 혼자 홀짝이는 와인도 좋다. 산티아고를 걷는 내내 마셨던 와인도 좋았고, 초밥에 먹는 생맥주도 좋다. 초복과 중복을 챙기며 삼계탕에 먹는 인삼주도 좋고, 페스티벌에서 뛰어다니며 마시는 맥주도 좋다. 그렇지만 뭐니 뭐니 해도 내가 제일 좋아하는 건 햇살 좋은 낮에 잔디밭이든, 카페든, 집이든, 공원이든, 어디서든 시원한 맥주 한잔 마시는 것이다.

지나친 음주는 건강에 해롭지만, 이렇게 행복하게 마시면 정신 건강에는 도움이 되지 않을까. 매일매일 마실 수는 없겠지만, 건강한 음주 생활을 위해 운동도 주기적으로 하고 영양제도 잘 섭취하고 있으니 적당하게 마시는 건 괜찮을 거라고 믿는다. 원할 때마다 즐길 수 있도록 체력과 건강을 계속 유지하고 싶다. 내 소중한 간이 이 즐거움을 오래도록 누려줬으면 좋겠다.

아! 낮술 하고 싶다.

- 나만의 호비 노트 만들기 -

내가 어떤 사람인지 알고 싶다면, 이 질문에 직접 답을 적어보세요. 답을 떠올리는 동안 자연스레 내 취미와 취향에 대해 더 깊이 알게 될 거예요.

1. 우울하거나 화 날 때 기분 전환을 위해 하는 행동은?

2. 내가 가장 좋아하는 음식이나 음료는?

- 작가의 호비 노트 엿보기 -

1. 우울하거나 화 날 때 기분 전환을 위해 하는 행동은?

신선한 야채를 꺼내 사각사각 손질하고, 내 손으로 요리를 해 먹는다. 그러면 내가 내 삶을 지지하고 있다는 느낌이 든다. 공간을 바꾸는 게 좋겠다 싶을 땐, 바로 모자를 눌러쓰고, 걸으러 나간다. 한참을 걷고 또 걷다 보면, 귀여운 장면들이 눈에 들어와 웃음이 난다. 걷다가 본 예쁜 장면을 찍어 엄마에게 보낸다. 잠시 엄마와 통화를 하고, 사랑을 주고받으면 잔뜩 쪼그라들었던 마음이 조금씩 펴진다.

2. 내가 가장 좋아하는 음식이나 음료는?

가장 좋아하는 음식은 '가지 라자냐'. 이탈리안 레스토랑 '로컬릿'에서 처음 맛본 뒤에 로컬릿의 셰프가 만든 레시피 북 《로컬릿 채소 요리의 정석》을 사서 집에서 시도해보았다. 구운 가지에 토마토소스를 넣고, 치즈와 올리브유를 둘러서 오븐에 구우면 끝이다. 간단하면서도 건강한 음식인데 맛도 좋다. 음료는 말해 뭐해, 맥주가 최고다. 시-원한 생맥주.

3장

✦

잘하지 못해도 괜찮아,
즐기는 거니까

◦ HOBBY CLUB ◦

•

○

몸이 근질거려서 가만히 있지 못하는 편이다. 큰 소리로 노래를 부르고, 운동을 하고, 자연에 파묻히는 걸 좋아한다. 어떤 취미들은 '전문가' 수준 근처에도 못 가고, 몇 년째 '입문자'라는 타이틀을 달고 초입에서 서성이고 있지만, 그래도 괜찮다. 잘하려고 하는 게 아니라, 즐기려고 하는 일이니까. 잘하려고 욕심내는 순간 취미가 싫어지고, 미워진다. 그러지 않도록 언제나 좋아하는 마음을 품고, 천천히 나아가려 한다.

백패킹

사랑으로 가득한 패밀리 백패킹

새로운 걸 시작하기에 너무 늦었다는 생각이 든다면, 우리 엄마 정옥을 소개해주고 싶다.

매주 산에서 집을 짓고 자는 정옥의 취미는 백패킹이다. 매번 조심해서 다녀오라는 인사만 하다가, 3년 전 여름 처음으로 설악산 성인대 백패킹을 따라갔다. 나도 어디서 빠지지 않는 등산 애호가지만 백패킹은 조금 다르다. 15kg가 넘는 배낭을 메고 산에 올라가 텐트에서 하룻밤을 자고 내려온다. 처음엔 '그게 가능한가?' 하고 의심했지만, 직접 해보니 아침에 산세를 내려다보며 산뜻한 공기 속에서 눈을 뜨는 경험은 무엇과도 대체할 수 없었다. 성인대를 다녀온 뒤에는 계절마다 백패킹 성지로 불리는 곳을 오르내리며, 잠깐이지만 그곳에 집을 짓고 살았다. 한국의 '파타고니아'라고 불리는 굴업도, 일몰이 눈부신 제주도 우도 속 섬 비양도, 배낭을 눈썰매에 매달고 한참 썰매를 타고 내려가야 하는 운탄고도까지.

백패킹은 사랑하는 사람들과 함께 즐길 수 있어 더 값진 취미다. 삶의 배터리가 방전될 때면 언제나 가장 먼저 나의 백패킹 크루를 찾는다. 나의 백패킹 크루 멤버는 정옥, 동의, 지숙, 홍종, 그리고 나. 조금 더 설명을 보태자면 59세 엄마 정옥, 54세 외삼촌 동의, 50세 이모 지숙, 52세 숙모 홍종이다. 31세인 내가 막내인 독특한 조합의 백패킹 크루지만, 한 치의 의심도 없이 서로를 사랑하고 있는, 든든한 안전 기지 같은 크루다. 백패킹을 갈 때면 늘 이들에게 의지하고, 기대며 나아간다. 나의 크루와 함께하는 패밀리 백패킹은 우울했던 기분을 한 방에 날려주는 내 삶의 치트 키다.

백패킹을 한다고 하면 주변에서는 항상 이렇게 물어본다.

"산에서 잔다고? 어떻게 씻는데? 화장실은? 안 추워?"

물론 씻지도 못하고, 한여름에는 땡볕 밑에서, 한겨울에는 영하 18도 추위 속에서 잠을 잔다. 추위 속에서 자고 일어나면 핫팩으로 뜨끈해진 침낭 위에 성에가 쌓이기도 한다. 나도 해보기 전에는 겁먹었다. 가방도 무거운데 날씨도 너무 추울 것 같고, 화장실은 또 어떻게 해결할지 상상이 되지 않았다. 하지만 직접 해보니, 자연 속에 파묻혀서 세상과 단절되는 그 시간은 무엇보다도 큰 행복을 주었다.

백패킹을 가면 자연스럽게 '비행기 모드'가 된다. 어떠한 연락도, 자극도, 소식도 없이 오로지 나의 내면으로 깊이 파고드는 시간이다. 특히나 깊은 산속으로 들어갈수록 핸드폰을 안 보게 된다(잘 안 터지기도 한다). 시도 때도 없이 울리는 알림 메시지와 수백 개씩 쌓여 있는 카톡을 뒤로하고, 자연을 가만히 쳐다보고 있으면 자연스레 에너지가 충전된다.

우리는 종종 인스타그램의 정사각형 프레임 속 계절을 찾아 나서지만, 사실은 우리가 발 딛고 있는 여기에 바로 그 계절이 있고, 세상이 있다. 해가 뜨고 지는 풍경이나 밤하늘에 무수히 쏟아지는 별들을 보다 보면, 우리가 우주에 살고 있다는 당연한 사실이 새삼스레 체감되고, 우주 속 아

름다운 지구에 살고 있다는 사실이 놀랍도록 감동스럽다.

백패킹을 갈 때는 꼭 필요한 짐만 가지고 올라간다. 몸을 덥혀줄 뜨끈한 물 한 모금만 있어도 '이거면 충분하다, 뭐!' 하고 깔깔 웃으면서 사소한 것에 감사하게 된다(산 위에서 가장 아껴 써야 하는 귀한 건 물이고, 가장 줄여야 하는 건 쓰레기다). 스스로 얼마큼의 물과 음식이 필요한지 알고, 부족하지도 과하지도 않게 딱 필요한 만큼만 챙겨야 한다. 나에게 무엇이 얼마큼 필요한지 알고, 더도 덜도 말고 적당한 만큼만 챙기는 삶의 자세를 배낭을 메고 걸어가며 배운다.

내가 소중하게 여기는 백패킹의 순간은 이런 것들이다. 지는 해를 보며 서로의 건강과 행복을 큰 소리로 소망하는 순간, 술 한잔 기울이면서 서로의 마음을 들여다보는 시간, 20년 먼저 산 이들에게 나의 고민을 털어놓는 순간. 사랑을 주고 사랑을 곱절로 받는 일, 눈빛과 다정한 말을 통해 사랑을 느끼는 일. 다음 날 아침 부은 눈을 하고 일어나 패딩을 껴입고, 커피를 마시며 멍때리는 일. 조금이라도 편한 건 서로에게 양보하는 따스한 마음.

항상 가장 지치고 바쁠 때 백패킹을 떠난다. 배낭을 메는 순간부터 산 아래에서의 걱정은 흔적도 없이 사라지고,

눈앞의 아름다움에 감탄하느라 바쁘다. 내내 감탄만 하다가 돌아오는 것 같다. 해와 달과 별의 모든 움직임에 감탄하고, 나무와 풀, 꽃의 모든 모양새에 감탄한다. 모든 온도의 날씨에 감탄하고, 모든 음식에 감탄한다. 걸음을 뗄 때마다 자박자박 들리는 발소리에 감탄하고, 산뜻한 공기에 감탄한다. 서로가 찍어준 사진에는 활짝 웃는 모습이 담겨 있다. 고민거리를 잠시 잊고 삶을 누렸을 뿐인데, 신기하게 원래의 자리로 돌아와도 머리가 한결 가볍다. 모든 문제가 가볍게 여겨지고, 흐릿했던 머릿속이 또렷해진다. 어떻게 살아가야 하는지 명확해진다. 비움과 채움이 동시에 가능한 하룻밤, 쓸데없는 걱정과 고민을 비우면서, 사랑과 에너지를 충만하게 채워서 돌아오는 하룻밤이다.

내가 가만히 있지 못하는 건, 자연을 좋아하는 건 꼭 우리 엄마 정옥을 닮았다. 나는 고작 계절마다 한두 번 따라가는 게 다지만, 엄마는 매주 주말 20kg에 육박하는 배낭을 짊어지고 백패킹을 떠난다. 서울 근교로 가는 것도 아니고, 처음 들어보는 섬으로 배를 타고 들어가기도 하고, 전라도, 충청도, 강원도, 경상도까지 고작 1박 2일 갔다 오는

게 맞나 싶을 정도로 멀리멀리 떠난다. 평일엔 일하면서 바쁘게 지내다가도 주말만 되면 훌쩍 떠나는 엄마를 보며, 백패킹은 가기 전과 후에 챙겨야 할 것들이 있으니 매주 떠나는 건 조금 귀찮지 않냐고 물었다. 엄마는 그 답이라며 백패킹에 대한 글을 써서 보내주었다.

물론 내가 지고 가는 배낭의 무게가 내 삶의 무게처럼 느껴질 때가 많다. 한 발 한 발 내딛다 보면 가끔 이 짓을 왜 하나 싶을 때도 있지만, 그 힘듦마저도 희열로 다가온다. 아침에 일어나서 맡는 싱그러운 공기와 작은 새소리 하나에도 힘들게 올라온 걸 보상받는 듯하다. 다시 내려올 것을 굳이 왜 힘들게 올라가냐고? 힘들게 올라가지 않아도 좋은 곳이 얼마나 많은데. 맞다. 그렇지만 올라가 본 사람만이 느낄 수 있는 게 있다. 말이 필요 없다. 올라가 보면 알 수 있다.

요즘은 무작정 올라가서 정상석을 찍기보다는 자연을 온몸으로 느끼면서 전망 좋은 곳이 나오면 한없이 앉아서, 계절별로 바뀌는 자연의 신비로움을 바라본다. 주말이면 떠날 수 있음에 감사하고, 돌아올 수 있는 직장과 가정이 있음에 감사하다. 그걸 떠올릴 때마다 정말 행복한 삶이구나 싶다.

글을 읽으며, 엄마와 내가 행복을 느끼는 지점이 비슷하다는 게 신기했다.

내 취미 생활이나 삶의 태도 중에는 엄마에게 영향을 받은 부분이 많다. 초등학생 시절, 목적지도 없이 떠난 가족 여행이 아직도 기억난다. 엄마는 7번 국도 여행을 하자며, 무작정 운전대를 잡고 도로 위를 달렸다. 오늘 하루 어디서 잘지도 몰랐지만, 마냥 달리면서 자유로움을 맛보았다. 집 근처 한강공원에 놀러 갔다가 온 가족이 한강에서 까무룩 잠이 들어, 아침이 되어서야 너털웃음을 지으며 돌아온 것도 기억난다. 겁이 없는 것도, 예상치 못한 상황에서 웃을 수 있는 것도 모두 어렸을 적 경험 덕분이겠지. 모든 것에 감사하며, 하루하루 즐겁게 살아가는 엄마의 태도를 떠올리면 출근하기 싫어 터덜터덜 걷던 발걸음에 자연스레 힘이 실리고, 주변에 다정한 말을 건네게 된다.

엄마의 내면에 있는 엄청난 에너지는 주변 사람에게까지 넘쳐흐른다. 처음엔 엄마 혼자 백패킹을 시작했지만, 어느 순간 삼촌, 숙모, 이모, 그리고 나까지 백패킹의 세계에 발을 들였고, 패밀리 백패킹 크루가 꾸려졌다. 한 주 한 주

시간이 흐를수록 가족들의 얼굴이 더 환해지고, 장난기가 넘치는 게 느껴졌다. 사실 엄마가 순탄한 인생을 살아온 건 아니다. 그 모든 일들을 지나오면서도 이렇게 단단하고, 에너지 넘치고, 밝게 살아가는 엄마의 모습, 인생을 매일같이 즐기는 모습이 나에게는 가장 큰 영감이자 희망이다.

그런 엄마가 발가락 골절로 두 달간 옴짝달싹하지 못했던 시기가 있었다. 좋아하던 취미를 할 수 없다는 사실에 엄마는 무력감에 빠졌다. 항상 씩씩하고, 에너지 넘치는 모습만 보다가 울적해하는 모습을 보니 너무 낯설었다. 나중에 엄마가 말해주길, 이 기간에 자신이 살아 있음을 느끼게 해주는 원동력이 바로 취미라는 걸 깨달았다고 한다.

59세인 우리 엄마에게도 취미는 꼭 필요하다. 엄마는 백패킹만큼 에너지를 주는 것은 없다고 말하지만, 그 외에도 다양한 취미를 즐기고 있다. 수영을 꽤 오래 해왔고, 최근에는 필라테스와 새벽 요가를 가고, 밭에서 채소를 키우기도 한다. 언젠가 서핑과 수상스키를 배우고 싶어 하고, 여전히 궁금한 게 많다. 50대에도 하고 싶은 것이 많고, 해봐야 하는 것도 많다. 엄마는 신신당부했다. 하고 싶은 게 있으면 꼭 지금 다 해보라고. 몸에 문제가 생겨 할 수 없게 되기 전에 지금 다 해봐야 한다고.

엄마는 취미를 뭐라고 생각하는지 궁금해서 물어보았더니, 종이 두 장을 글로 빼곡히 채워서 보내주었다. 그중에서 기억에 남는 부분을 가져왔다.

나에게 취미란? 요동쳐 살아 있음을 느끼게 하는 백패킹!!!

성격상 가만히 있질 못하는 탓에 집에 얌전히 있을라치면 뭔가 시간 낭비를 하는 느낌이 든다. 20대부터 친구들과 산으로, 들로 여행 다니는 것을 좋아했다. 결혼한 뒤에는 살림에, 육아에 매달리면서 아이들 위주로 여행을 다녔다. 잘 따라오는 아이들의 모습에 신나 등산도 함께 다녔지만 중학교 들어가니 산보다는 친구가 좋다고 가지 않겠단다. 40대부터는 매주 주말 배낭을 메고 산으로 달려갔다. 정상석을 밟고 내려오면 느껴지는 성취감과 뿌듯함이 좋았다. 무박산행, 종주산행…… 닥치는 대로 다니면서 주변에서 물어보면 자랑스럽게 산 이름을 줄줄이 대면서도 정작 당시에는 그 산에 대한 느낌을 기억하거나 주변을 잘 돌아보지는 못했던 것 같다. 그래도 매주 배낭을 메고 떠날 수 있음에 감사했고, 주말에 다녀온 산의 정기로 한 주를 기운차게 시작할 수 있었다.

나이 50대에 들어서면서 산에 오를 때 큰 배낭을 메고 가는 분들이 눈에 들어왔다. 가벼운 배낭을 메고도 힘든데 저렇게 큰 배낭을 메고 산을 오른다는 건 미친 짓이라고 생각했다.

정확히 1년 뒤 내가 그 미친 짓을 미친 듯이 하고 있었다.

첫 백패킹은 굴업도로 갔다. 백패킹은 등산하고는 전혀 다른 세계였다. 심장이 요동치는 걸 느꼈다. 50대 후반에 접어드니 가슴 뛸 일도, 심장이 요동칠 일도 잘 없다. 웬만한 일은 그러려니 하며, 늘 같은 심장박동수로 살아가는데, 무거운 배낭을 메고 현관문을 나서는 순간부터 심장이 요동친다. 그걸 느낄 수 있는 이 삶이 감사하고 행복하다. 다리에 힘이 풀려서 백패킹을 못 할 때까지, 오래 다닐 수 있길 바랄 뿐이다.

글을 읽고 나니 마음이 찡했다. 살아 있음을 온몸으로 느끼면서 살아가는 엄마의 태도가 멋지고, 다행스러우면서 나에게 그 즐거움을 경험시켜줘서 고맙기도 했다.

엄마를 생각하면 나의 50대를 상상하게 된다. 요즘은 50대부터 새로운 취미를 시작하거나 도전하는 분들이 많다. 내가 다니는 수상스키장에서도 진짜 멋있게 타시는 분들은 50대 여성이다. 탄탄한 몸에, 환한 표정을 짓는 여유로운 그 모습을 보다 보면 나도 나이 들어서까지 계속 이 취미를 즐겨야겠다고 생각하기도 한다.

50대, 60대의 취미 하면 왠지 요트 한 대 끌거나, 매주 골프장에 가는 등 경제적인 능력과 시간적 여유가 필요한 취미가 떠올랐었는데, 엄마의 편지를 읽고 난 뒤에 생각이 바뀌었다. 취미를 즐기는 데 있어서 가장 중요한 건 돈도, 시간도, 친구도 아닌, '새로운 세계를 탐험하고자 하는 의지'가 아닐까?

같은 취미를 꾸준히 즐기는 사람들도 있겠지만, 우리 엄마처럼 50대가 되어 새로운 취미의 세계에 발을 들이는 사람도 있다. '난 이미 너무 늦었어'라며 마음의 문을 닫아버리기보다는 '궁금하니까 한번 해보자'는 마음, '사랑하는 사람이랑 같이하면 좋겠다'는 마음으로 한 발 내딛어보자. 매주 그 행복을 미루지 않고, 부지런히 떠나는 열정도 필요하다. 이미 다 안다는 마음으로 내 세상에만 갇혀 살지 말고, 호기심을 가지고 탐험해보자. 모든 찰나에는 그때만 보이는 게 있으니까.

나이가 들어도 계속 탐험하고, 관심을 가지고, 도전하고, 삶을 즐기기 위해서는 우선 체력을 키워야겠다. 확실한 건 엄마가 나보다 체력이 좋다는 거다. 좋아하는 게 있으면 내 몸을 더 아끼게 된다. 평소에도 구석구석 아픈 곳이 없나 살펴보고, 운동을 꾸준히 하고, 면밀히 살핀다.

탐험에 대한 욕구를 느끼는 건 나이와는 상관없는 일 같다. 태도의 문제다. 새로움을 찾아 나설 수 있는 용기와 에너지를 지니고, 주변을 둘러보며 익숙한 것도 낯설게 보며 두근거림을 느끼는 50대가 되어야지.

엄마! 이번 주에는 어디에서 잔다고?

골프

안 해보면 모르는 거였어

청주까지 달려가서 친구들과 5시간 동안 골프를 치고, 카페에 가서 3시간 동안 골프 얘기를 하다가, 집에 가기 전에 또 2시간 동안 스크린 골프를 치는 어른이 되었다. 나도 내가 이렇게 골프에 빠져 지낼 줄은 전혀 몰랐다.

작년까지만 해도 골프는 정적이고, 재미없는 운동이라고 생각했다. 슬렁슬렁 걸어 다니면서 가만히 멈춰 있는 공을 치는 게, 그것도 그 행위를 100번도 넘게 반복하는 게 도대체 무슨 재미인지 늘 의문이었다. 테니스처럼 날아오는 공을 정확히 맞히는 희열이 있거나, 수상스키처럼 물살과 바람을 가르며 자유로움을 만끽할 수 있는 것도 아닌데, 왜 그렇게 많은 사람들이 열광하는지 이해가 되지 않았다. 겸연쩍게도 이런 나의 편협한 생각은 골프를 직접 해본 순간 바로 사라졌다. 푸르른 자연 속에서 계절의 아름다움을 누리면서도, 순간순간 몰입해서 성취감을 느낄 수 있는 운동이 바로 골프였다.

모든 운동에는 집중력이 필요하지만, 골프만큼 그 순간의 몰입을 최대로 끌어내는 운동이 또 있을까. 나는 러닝 머신을 타면서도 저녁 메뉴를 생각하고, 테니스를 치면서도 좀 전의 속상했던 일을 떠올리는 사람이지만, 골프를 치는 순간에는 다른 생각이 비집고 들어올 틈이 없다. 공을 한 번 칠 때마다 집중해야 하는 부분이 달라진다. 조금만 정신이 흐트러져도 공이 사방팔방으로 튀어 다닌다. 공이 제대로 맞지 않으면 힘주어 땅을 치게 돼서 몸이 아플 뿐 아니라, 주변 사람에게도 민폐다. 그러다 보니 잡생각을 할 겨를이 없다. 백스윙할 때 손목은 잘 신경 썼는지, 너무 일찍 몸을 들거나 일어서진 않았는지 자세를 꼼꼼하게 확인하다 보면 연습 시간이 훌쩍 간다.

처음 골프를 시작하게 된 건 남편 때문이었다. 운동을

좋아하다 보니 골프도 한 번쯤은 배워보고 싶었지만, 돈과 시간이 많이 드는 운동이라는 생각에 망설여졌다. 그런데 밤이고 낮이고 골프 영상을 챙겨보고, 몸이 아프다고 하면서도 라운드를 다녀오면 신나서 얘기할 정도로 골프에 푹 빠져 있는 남편을 보니 궁금하긴 했다. 이 사람이 골프를 그렇게 좋아하는 이유가 뭘지.

결국 나는 한 달 뒤 남편과 라운드를 나가기로 약속하고, 골프 레슨을 받기 시작했다. 골프채를 쥐는 방식부터, 채를 휘두르는 원리까지 차근히 배우면서 골프가 그냥 감으로 하는 운동이 아니라는 사실을 깨달았다. 골프는 연습량의 영향을 많이 받는 운동이다. 한 달 뒤 라운드를 하겠다는 목표가 있었기 때문에 아무리 피곤해도 매일 밤 연습을 하러 가고, 손가락이 까져 피가 날 때까지 동작을 반복했다. 처음에는 골프채를 휘두르는 내 모습이 너무 볼품없게 느껴졌다. 프로들처럼 간결하고, 힘차게 치고 싶은데, 정작 내 모습을 보면 골프채 하나 드는 것도 버거워 보였다. 그래도 못난 모습을 참아가며, 볼품없는 시기를 견디며 매일 연습하고, 나의 모습을 기록했다.

몸에 불필요한 힘을 빼고 유연하고, 부드럽게 쳐야 하

는데, 처음에는 힘 조절이 되지 않았다. 잘 치고 싶은 욕심에 있는 힘껏 채를 쥐고, 1시간 동안 한 번도 쉬지 않고 공을 날렸다. 연습이 끝나면 손가락이 욱신거렸다. 선생님이 분명 한두 번 치고 나면 손가락 스트레칭도 해주고, 중간중간 쉬어주라고 알려주셨지만, 욕심만 그득해서 쉬지도 않고 힘으로 바닥을 때렸으니 통증이 있는 건 당연했다. 그렇게 과하게 연습한 날에는 새벽에 손가락 관절이 아파서 잠에서 깨곤 했다. 인터넷에 검색해보니 '방아쇠수지증후군'과 비슷한 증상이었다. 골프에 막 입문한 초보자들이 과도한 연습과 기술 부족으로 당하는 부상이라고 했다. '기술부족'이라는 단어가 자존심을 건드렸지만 사실이었다. 이럴 때는 연습을 멈추고 손을 쉬어주는 방법밖에는 없다는데, 빨리 채를 휘두르고 싶어서 근질거리는 마음을 참을 수가 없었다. 하루하루 라운드 날이 다가올수록 더 긴장되었다. 민폐만 되지 않기를 바랄 뿐이었다.

라운드 당일, 새벽부터 눈이 떠졌다. 일찍 일어나서인지, 찬 바람을 맞아서인지 몸은 뻣뻣했고, 긴장해서 얼은 표정은 녹을 줄을 몰랐다. 잔디를 자박자박 밟으면서, 조용하고, 고요한 자연 속을 걷다 보니 슬슬 긴장이 풀렸다. 햇빛에 반사되는 금빛 잔디가 황홀하게 아름다웠다. 한 타 한 타 집중해서 스윙할 때 공이 원하는 곳으로 가면 그렇게 짜릿할 수가 없었다. 정적인 스포츠라고 생각했던 골프는 실상 에너지가 넘쳐 흐르는 운동이었다.

시간이 지나면서 처음엔 어색했던 골프장이 점점 익숙해졌고, 게임을 온전히 즐기게 되었다. 조경 관리가 정말 잘 되어 있어서 걷는 것만으로도 나만의 산책로를 걷는 것처럼 기분이 좋아졌다. 한 라운드가 끝나는 지점인 18홀까지는 5시간이 넘게 걸리기 때문에 보통은 중간중간에 잠시 휴식을 취하는 곳인 '그늘집'에 들러 막걸리나 맥주를 한잔하기도 한다. 그 중간의 쉼도 너무 좋았다. 긴장했던 시간에 잠시 쉼표를 놓고, 다시 힘을 내어보는 그 과정이.

골프에서는 모든 한 타 한 타가 똑같이 중요하다. 각각이 승패를 가르는 주인공이 된다는 점이 퍽 마음에 든다. 처음에 멀리 200m를 보내도, 마지막 남은 10m에서 거리 조절이나 힘 조절에 실패하면, 그 짧은 거리 안에서 몇 번이나 왔다 갔다 해야 한다. 중요한 건 200m를 보낸 샷도, 1m를 보낸 샷도 같은 '한 타'라는 점. 그래서 끝날 때까지 어떻게 될지 모르고, 매번 몰입해서 쳐야 한다. 어찌 보면

54

정말 공평한 스포츠다.

골프를 배우면서 점점 모양이 잡혀가는 내 모습을 보면 게임 퀘스트를 깬 것처럼 기쁘다. 잘 맞는다 싶으면 또 다른 부분이 말썽이지만, 그래도 차츰차츰 나아지는 모습에 성취감이 느껴진다. 그렇다고 너무 욕심을 내는 건 금물이다. 잘 치고 싶은 마음이 즐기려는 마음보다 커지는 순간, 스트레스가 밀려오면서 당장 관두고 싶어진다. 즐겁자고 하는 취미 생활인데, 오히려 그것 때문에 화가 나는 아이러니한 상황이다.

잘하고 싶은 욕심이 문제다. 성실히 연습하다 보면 좋은 결과를 얻을 텐데, 과정을 즐기기보다는 지금 당장 결과를 내고 싶은 것이다. 나도 영상에서 본 그 프로처럼 멋지게 치고 싶어, 그런 욕심이 올라오면 불쑥 화가 난다. 그가 겪었을 수많은 연습 시간들은 도려내고, 가장 멋진 하이라이트만 보면서 나와 비교하니 화가 날 수밖에. 잘하고 싶은 마음은 연습을 게을리하지 않도록 도와주기도 하지만, 그 마음이 과해지면 이를 꽉 깨물고 힘주어 치다가 어깨에 담이 결리기 쉽다. 몸이 내 마음대로 안 따라줄 때면 "이렇게 못 칠 거면 돈 버리고, 시간 버리고 왜 치고 있는 거야"라는 못난 생각이 올라온다.

어떤 취미든 잘하려는 욕심은 그 일을 오래 하지 못하게 만드는 것 같다. 잘하면 물론 더 즐겁게 할 수 있겠지만, '잘'의 기준은 한도 끝도 없이 높아질 때가 많다. 그러면 절대 만족할 수가 없다. 그저 즐기는 마음으로 멈추지 않고 꾸준히 하고 싶다. 욕심을 버리고 화내지 말고, (정말 화내지 말고) 그저 과정을 즐기는 게 몸 건강에도, 정신 건강에도 최고다.

천천히 성장하더라도 순간순간을 즐기기로 했으니, 골프를 치는 모든 순간을 그 '언젠가'를 위한 연습이 아니라, 그저 골프를 치는 '지금'을 위한 것이라고 받아들이기로 했다. 마찬가지로 내가 지금 하는 모든 일들, 살아가는 순간들도 언젠가 혹은 무언가를 위해 연습하고 준비하는 시간이 아니라, 그저 지금을 살아가는 내 인생 그 자체임을 인식하려 한다. 멋진 자세로 공을 치는 순간만 골프가 아니라, 피곤해도 매일 50분씩 연습하는 그 태도, 그 시간 자체가 삶이고 골프니까. 과정을 천천히 음미한다.

삶을 풍성하게 할 취미를 가지려면, 조금 내려놓고 즐

기는 마음 그리고 일단 해보는 태도가 필요하다. 해보지도 않고 별로일 것 같다고 미리 선 긋지 말고, 일단 해보는 태도. 특히 내가 사랑하는 친구나 가족의 취미라면 도전할 만한 가치가 있다. 그들의 취미의 세계에 발을 들이고, 조금씩 배워가면, 내 세계도 같이 넓어진다. 그들과 나눌 수 있는 대화의 주제가 한 뼘 더 넓어지는 것은 물론이고.

어떤 취미가 좋을지 고민 중이라면 가장 가까운 사람의 취미부터 시작해보자. 그들의 취미 초대에 기꺼이 응해주자. 함께 항해하는 든든한 동료가 있으니 조금은 더 쉽게 시작할 수 있을 것이다. 다른 사람들이 좋아하는 것들을 보면 뭐가 그렇게 재밌을까, 뭐가 그렇게 신날까 궁금하고 나도 꼭 경험해보고 싶다. 그 사람을 이해할 수 있고, 거기서부터 새로운 '좋음'을 찾아나갈 수 있으니까.

여전히 골프채를 쥘 때마다 "할 수 있다", "천천히", "여유를 가지고"를 세 번 외치고 자세를 잡는다. 안 맞을 때는 당장 그만두고 싶다가도, 하나 잘 맞으면 또 연습하러 가고 싶어지는 신기한 운동이다.

오늘은 오랜만에 골프를 치면서 신났다. 얄팍한 내 마

음. 잘 맞으면 재밌고, 안 맞으면 밉다. 늘 재밌기만 한 건 아니지만 미워도 계속한다. 미워도 좋으니까. 그럴 수도 있지. 정말 좋아했던 게 오늘은 하기 싫을 수도 있고, 다시 하고 싶을 수도 있고. 뭐든지 마음 가는 대로 하는 거다. 자연스럽게. 누가 시키는 게 아니고, 내가 하고 싶어서 하는 일이라는 사실을 잊지 말기.

안 해보면 모른다. 안 해보고 짐작하지 말자. 내가 몰랐던 골프의 세상은 정말 넓고, 나는 아직도 잘 모르겠는 것 투성이다. 당장 내 공이 어디로 튈지도.

수상스키

끌려가지만 않으면 되지

"쫄지 말고 시작해!"

수상스키를 탈 때마다 듣는 말이다.

솔직히 말하자면 나는 겁이 많다. 겁이 많으면서도 겁이 없다. 평소엔 집에 혼자 있을 때마다 무서워서 문단속을 몇 번이나 하면서도 새로운 것, 궁금한 것에는 겁도 없이 뛰어든다. 그런데 유독 수상스키 출발점에서 줄을 잡고 기다릴 때면 내 표정은 잔뜩 겁에 질린 얼굴이 된다. 처음 타는 것도 아니고, 시험을 보는 것도 아닌데 물에 젖은 생쥐처럼 잔뜩 기가 죽어 있다. 얇은 작대기 하나에 몸을 지탱해 물 위에서 스키를 타기 위해서는 여유로운 태도가 필요하다. 얼른 일어나고 싶어서 줄을 당기거나, 힘을 줘서 몸이 보트에 끌려가면 바로 고꾸라진다. 보트가 출발하면 자연스럽게 따라가야 한다. 그런데도 첫 시작 때마다 항상 여유라곤 찾아볼 수 없는 겁먹은 표정을 하고 세 번쯤 고꾸라진다.

그러다 보트에 탄 남편이 "왜 이렇게 쫄았어, 쫄지 말고 시작해!"라고 외치면 '에라 모르겠다'는 마음으로 몸에 힘을 빼고 출발한다. 막상 타기 시작하면 마음껏 물살을 가로지르며 자유롭게 탈 수 있는데 왜 항상 쫄보가 되는 걸까. 그래도 여름이면 매주 물속으로 뛰어든다. 쫄려도 하는 거다. 재밌으니까.

우리 부부는 여름과 물을 정말 좋아한다. 여름휴가엔 항상 바다가 빠지지 않는다. 오세아니아의 섬나라 팔라우로 휴가를 갔다가 갑자기 거기서 스쿠버다이빙 자격증을 따기도 했다. 바다에 한 번 들어가면 나올 생각을 하지 않을 만큼 스노클링을 정말 좋아한다. 휴가를 다녀오면 피부가 너무 많이 타서 동료들이 못 알아볼 정도다. 그런데 유독 수상스키는 같이하기까지 시간이 좀 걸렸다. 나는 대학교 교양 수업으로 수상스키를 배운 뒤로 친구들과 종종 한강에서 수상스키를 타곤 했다. 분명 남편도 좋아할 것 같아서 같이 가자고 권했지만, 남편은 나를 따라 스노보드를 타러 갔다가 갈비뼈를 다친 뒤로는 몇 년간 새로운 스포츠를 권하는 나의 제안에 쉽사리 응하지 않았다.

친구들과 한 번씩 수상스키를 타러 다녔지만, 그래봤자 1년에 두세 번 남짓이었다. 가장 더운 날 한강에 모여 수상스키나 보드를 타고, 라면과 맥주를 먹고 헤어졌다. 서울 한복판에서 한강을 가로지르는 느낌은 생각보다 짜릿했다. 진정한 서울 사람이 된 것 같은 느낌이랄까.

그러던 어느 여름 갑자기 남편이 수상스키를 타겠다고 했다. 삶의 낙이 없다며, 우울해하던 시기였다. 일상의 활력이 필요하다고 느꼈던 것 같다. 마음이 일렁이는 그 순간의 기회를 놓치지 않고 바로 집 근처 용인의 작은 저수지를 찾아갔다. 처음 수상스키를 타본 남편은 물 위에서 곧장 일어서지 못하고, 엉덩이로 물을 가로지르는 이른바 '똥꼬 스키'를 타기 일쑤였고, 나는 스키 한쪽을 벗어 던지는 원스키를 도전하겠다며 개다리 춤을 추다가 물을 왕창 먹었다. 즐겁기도 했지만, 오기가 생겼다. 그렇게 우리는 주말마다

수상스키장으로 달려가기 시작했다.

주말이면 묻지도 않고 당연하게 수트를 챙겨 입고, 20분 정도 달려 저수지로 간다. 오전에 가야 파도가 잔잔하고 물이 좋기 때문에 일어나자마자 세수와 양치만 하고 집을 나선다. 아침은 간단하게 먹고, 커피와 맥주, 수박 같은 여름 간식을 챙긴다. 해보기 전에는 수상스키를 타려면 어디로 가야 하는지, 뭘 챙겨야 하는지 잘 몰랐지만, 몇 번 해보면 루틴이 생긴다. 한 번 루틴이 생기면 행동에 주저함이 없어진다.

스키로 물살을 가로지르는 느낌도 좋지만, 스키를 끌어주는 보트에 타서 이동하는 순간도 좋다. 햇빛에 비치어 반짝이는 윤슬, 시원한 물의 감촉, 자유로운 바람의 흐름, 청량한 풍경. 뜨거운 햇빛 아래 보트를 타고 물을 가로지르는 그 자유로운 기분이 정말 좋다.

스키를 타며 겪은 모든 성장의 순간이 생생하게 기억난다. 양다리로 투스키를 타다가 한쪽 스키를 벗던 순간의 희열, 떨리는 마음을 안고 원스키로 스타트를 하던 순간, 어른들이 신던 파워스키를 신고 더 빠른 속도로 스릴을 즐기던 순간. 모든 순간이 생생하게 좋다.

물 위에서 스키를 타는 시간은 5분도 채 안 되는 것 같다. 스키를 타면서 시간을 재본 적이 없어서 더 모르겠지만, 5분이 지나서도 안 될 것 같다. 시간이 지날수록 손잡이를 잡고 버티는 손아귀에 점점 힘이 빠진다. 원스키는 허리와 엉덩이, 코어에 힘을 준 상태로 버텨야 하기에 아직 더 길게 타는 건 몸이 감당하질 못한다. 한 번 스키장에 가면 아무리 많이 타도 두 번밖에 못 탄다. 그 이상 하게 되면 다음 날 못 일어날지도 모른다. 물 상태가 좋지 않거나 너무 힘들면 딱 한 번 타고, 다른 사람들 타는 걸 구경하면서 맥주나 마시고 돌아오기도 한다. 5분이라는 찰나의 경험을 위해서 오고 가고, 꽉 끼는 수트를 갈아입고, 물에 빠지고 다시 나온다. 그래도 일단 물 위에 올라서면 그 모든 귀찮은 과정이 생각나지 않을 정도로 짜릿하다. 시원한 바람을 맞을 때면 매일 노트북만 들여다보느라 지친 눈이 한결 맑아진 느낌이 든다.

수상스키를 타고 집에 가는 길에 어느 차에 적혀 있는 광고 문구를 보게 됐다. '인생을 맛있게.' 이 문장이 마음에 들었다. 인생을 재밌게, 맛있게(아주 맛깔 나게) 살고 싶다. 나이가 들어도 쫄지 말고, 어디든 겁도 없이 뛰어들고 싶다. 아이가 생기면 어릴 때부터 겁먹지 말고 물에 뛰어들라고 알려주고 싶다. 같이 보드를 타고 물살을 가르고 싶다.

우리가 다니는 수상스키장에는 4살짜리 어린아이부터 나이 많은 어른까지 다양한 사람들이 있다. 나이가 많든 적든 '원한다면' 누구든 즐길 수 있는 취미라는 점이 퍽 마음에 든다. 고수들의 실력은 상상을 초월한다. 나는 아직 스키장의 이름이 적힌 구명조끼를 입고 타는데, 그분들은 부력이 적으면서도 몸에 딱 붙는 멋진 수트와 조끼를 입는다. 그리고 더 빠른 속도를 즐길 수 있는 파워스키를 신고, 아이언맨처럼 물 위로 올라온다. 여유롭게 웨이크를 넘나들며, 흐트러지지 않는 자세로 물 위 세상을 누빈다. 20대나 30대가 아니라 훨씬 더 연배가 있는 어른 분들이라 더 멋있어 보인다.

아장아장 걸음마를 떼던 우리가 부러운 눈길로 "정말 다들 잘 타시는 것 같아요"라고 했더니, 보트를 끌어주는 선생님께서 다들 우리 같은 과정을 거쳐 가신 거라고 조급해하지 말라고 하신다. 고수들이 보는 앞에서 줄을 잡고 시작해야 하는 그 떨리는 마음을 알아주셨던 것 같다. 선생님

은 내 속도대로, 줄에 끌려가지만 않으면 된다고, 멈추지만 않으면 된다고 말씀해주셨다. 평가당하는 자리가 아니라 각자의 취미를 즐기는 자리니까.

그래, 끌려가지 않고, 멈추지만 않으면 되지. 나는 수박과 맥주를 챙겨 가서, 뜨거운 햇빛 아래 물에 들어갔다가 나오는 과정을, 돌아오는 길에 막국수를 먹는 그 여행 같은 모든 과정을 좋아하는 거니까. 나도 20년 뒤에는 나 같은 아이들을 보고서 귀엽다고 생각하겠지.

내 속도대로 가도 괜찮다. 빨리하려고 하거나, 무리하려고 하지 말고. 충분히 준비되었을 때 보트에 "go!"라고 외치면 된다. 보트는 언제까지고 기다려준다. 줄을 잡고 나선 언제나 너무 달려들거나, 너무 당기지 말고 적당한 거리를 유지해야 한다.

수상스키를 타고 집에 올 때마다 하는 말이다.

"뭐든지 힘을 조금 빼야 하나 봐. 일도, 운동도, 살아가는 것도."

등산

당일치기 한라산, 쿵따리 샤바라

초등학생 때부터 '북한산 다람쥐'라는 별명으로 불리며 엄마와 산을 다니던 걸 내 몸이 기억하는지, 나는 등산을 참 좋아한다. 정확히 말하면 정상에 올라가 바람에 땀을 식히며 마시는 막걸리를 좋아한다. 서비스로 내주는 마늘종과 마른 멸치를 고추장에 찍어 3천 원짜리 막걸리와 들이켜고, 아래를 내려다보면 지금 내 머릿속에 있는 모든 게 다 별것 아닌 듯한 기분이 든다. 코딱지만 해 보이는 건물들을 보다 보면, '이 코딱지만 한 곳에서 복닥복닥 뭘 그렇게 심각하게 생각하냐! 코딱지야 힘내!'라는 생각이 절로 든다. 나를 세상 누구보다 잘 아는 엄마는 늘 정상에 있는 막걸리

아저씨의 존재로 나를 꼬드겨 산을 함께 올랐다(요즘은 정상에서 막걸리를 팔면 안 되기에 많은 아저씨가 사라졌다. 슬프다).

여느 직장인이 그렇듯 나도 일과 관계에 지쳐 얼굴에 그늘이 사라지지 않던 시기가 있었다. 내 상태를 기가 막히게 알아챈 엄마는 무기력한 나에게 '제주 여행'이라는 카드를 내밀었다. 제주를 좋아해서 계절마다, 시도 때도 없이 떠나는 내게 '제주에 갈래?'라는 물음은 꽤나 낭만적인 질문이다. 1초 만에 '그래'라고 답했다. 대답이 떨어지기 무섭게 제주행 비행기 티켓이 전송되었다. 목적은 당일치기 한라산. 어쩌다 보니 등산을 딱히 좋아하지 않는 오빠까지 같이 비행기를 탔다. 왜 이 새벽에 제주까지 가서 등산을 해야 하냐고 툴툴대며 따라왔지만, 지금 생각해보면 묵묵히 옆에서 힘이 되어주고 싶었던 것 같다.

이른 아침, 제주도에 도착한 우리는 해장국 한 그릇 비우고, 한라산을 오르기 시작했다. 산뜻한 공기가 축 처져 있던 마음까지 일깨우는 듯했다. 산티아고 날씨 같다며 나는 오빠와 이어폰을 한쪽씩 나눠 끼고, 방방 뛰어다녔다. 파란 하늘 아래에서 춤추며 뛰어다니다 보니 자연스레 웃음이 터졌다. 구름보다 더 높은 고지까지 올라 내려다본 세상은 이번에도 코딱지만 했다. 정상에서 라면 하나 먹고, 후들거리는 다리로 내려왔다. 당일치기 한라산 여행의 별미는 하산 이후, 공항 근처 흑돼지 집에서 '한라산 소주'를 마시는 것이다. 한라산을 오르고, 한라산을 마셨다. 짧은 당일치기 여행이었지만, 나를 뒤덮고 있던 그늘이 사라졌고, 걱정도 코딱지만 해져서 돌아왔다.

다음 날 출근했더니 동료가 물었다. "어제 뭐 했어요?" "아, 한라산에 다녀왔어요." 예상치 못한 대답에 모두 고개를 갸우뚱했다. "응? 한라산?" "네, 그 한라산이요." 하루치 휴가에 한라산을 다녀왔다.

힘들 때마다 제주로 도망갈 수는 없으니 근처에서 나만의 한라산을 찾기로 했다. 동네 뒷산에 올라 괜히 더 크게 '크-' 소리를 내며 막걸리를 입에 털어 넣고, 걱정까지 시원하게 떨쳐버린다. 귀에 이어폰을 꽂고 물병 하나 들고 산으로 떠나는 이 짧은 여행길이 숨구멍을 마련해준다. 그리고 이건 비밀인데, 산에 오를 때 하는 나만의 기분 전환 비법이 있다. 바로 클론의 '쿵따리 샤바라'를 듣는 것. 마음이 울적할 때 산으로 올라가서 '쿵따리 샤바라' 하고 소리를 질러보라는 가사처럼 노래를 흥얼거리고, 신나는 비트에 몸을 맡기며, 힘차게 걷는다. 주문을 외우듯이 노랫말을 종알종알 외우면서 가다 보면 진짜 기분이 한결 나아진다.

얼마 전에는 아웃도어 매거진 고아웃 코리아Go Out Korea와 등산 관련 용품을 판매하는 브랜드 엠티디mt.d. 그리고 패션 브랜드 예일YALE과 함께 '하이킹 다큐멘터리'를 찍고 왔다. 인스타그램에서 '하이킹 다큐멘터리 참가자를 모집합니다'라는 문구를 보고 가벼운 마음으로 휘리릭 신청했다. 술김에 신청한 거라 잊고 지냈는데, 며칠 뒤 담당자에게 전화가 왔다. 다큐멘터리 촬영자로 선정이 되었고, 촬영이 당장 내일이라고. 무급 엑스트라로 참여하기 위해 올해 5개밖에 남지 않은 휴가를 써야 하는가 고민이 되긴 했지만, 일단 간다고 했다. 냉정하게 생각해보면 얻을 게 하나 없는 일이었다. 그래도 궁금했고, 재밌을 것 같았다. 호기심과 팬심, 응원하는 마음으로, 새벽에 일어나 7시간 넘게 산속에서 촬영을 해야 하는 빡빡한 일정에 '오케이'를 날렸다. 언젠가 친구가 내게 이런 편지를 써준 적이 있다.

어떤 대가가 있는지, 실패할 확률이 얼마나 되는지 따지기보다, 하고 싶은 마음을 먼저 생각하는 게 너무 멋져요. 어떻게 그렇게 금방 어떤 걸 좋아하고, 거기에 시간과 감정과 마음을 쏟아부을 수가 있냐고요! 정말로 사랑스럽고 따뜻한 방방거림인 것 같아요.

이번에도 그랬다. 하루치의 연차에 상응하는 나의 노동력, 촬영하며 겪을 고생과 나의 초상권에 대한 보상보다는 여름의 끝 무렵에 관악산을 등산한다는 행복, 좋아하는 브랜드를 만들어가는 사람들과 대화할 수 있다는 설렘, 하이킹 다큐멘터리라는 근사한 영상에 내 모습이 기록된다는 즐거움이 먼저였다.

다음 날 새벽, 관악산 자락에 처음 보는 사람들이 모였다. 이번 다큐는 "산을 통해 힘든 고난을 이겨내는 스토리를 담아내고, 새로운 하이킹 문화를 제안한다"는 취지로 제작되었다. 산을 오르며, 중간중간 인터뷰가 진행되었다. 나는 인터뷰 대상자는 아니었지만, 그들이 던지는 질문에 속으로 나만의 답을 생각해보았다.

"지혜 씨, 산을 왜 오르시나요?"

"산에 올라 드넓은 하늘과 발아래 펼쳐진 풍경을 바라보면 전부 다 코딱지만 해져요. 걱정도, 고민도, 심지어 우리의 삶 자체도요. 삶이 너무나도 찰나처럼 느껴져서 쓸데없는 걱정은 사라지고, 감사함과 경이로움만 남아요. 제가 살아가는 이 시기 전으로도 몇천만 년의 시간이 존재했을 것이고, 앞으로도 몇억만 년의 시간이 남아있을 텐데, 저는 그중에서 딱 지금 이 시기에 살아가는 거니까요. 우주의, 이 작은 푸른 행성의, 대한민국에서, 관악산이 있는 이 자락에 살아가고 있다는 것도 참 신기해요. 내 발로 직접 걸어서 이 아름다운 곳에 오를 수 있다는 것도 감사하고, 햇빛에 반짝이는 잎사귀를 볼 수 있다는 것도, 새소리를 들을 수 있는 것도, "너무 좋다"고 소리 내 말할 수 있는 것도 감사해요. 등산이란 치열한 일상을 살아가며 좁아진 시야를 잠시 '줌 아웃zoom out' 할 수 있는 시간인 것 같아요."

7시간의 촬영이 끝나고 남은 건 모기에 물린 자국과 그을린 얼굴이었지만, 내려와서 목구멍까지 열고 마신 생맥주는 시원했고, 낮잠은 달콤했다.

가끔 일상이 뻔하고, 당연해지면 줌 아웃 하는 시간을 가져보자. 이렇게 거리를 두고 보면 생의 소중함을 깨달을 수 있다. 우주의 이 공간에서, 이 시기에 살아가고 있다는 당연하던 사실이 당연하지 않고, 경이롭고, 아름다워진다. 그렇게 생각하면 찰나의 시간을 살아가는 우리는 괴로움으로 인생을 낭비할 새가 없다. 사랑하는 사람들과 아름다운 것을 볼 시간도 부족하니까. 내가 태어나기 전후로 나와 같은 사람은 이 세상에 단 한 명도 없다는 사실도 기억하자. 유일무이한 인생을 살며, 더 많은 것들을 껴안고, 좋아하고, 즐기면서 살아도 된다는 뜻이다. 후회가 남지 않게. 그러니 어떤 일이든 얼른 털어내고, 소중한 내 하루, 내 일상, 내 경험, 내 삶을 더 재밌고 소중한 걸로 가득 채우고 싶다. 멀리 떨어져서 바라보면 그 어떤 것도 그리 심각하게 보이지 않을 테니.

좋아하는 게 분명하다는 건 슬픔에 빠진 나를 구원할 동아줄이 생긴다는 것이다. 내가 뭘 좋아하는지 알아주는 사람까지 있으면 구덩이에서 빠져나올 힘이 두 배로 강해진다. 내가 사랑하는 사람들이 힘들어할 때 나도 그들의 '좋아하는 마음'으로 그들을 구원해주고 싶다. 그래서 내 마음뿐만 아니라 사랑하는 가족과 친구들의 동아줄은 무엇일지 자꾸 기웃거리게 된다. 살면서 마음대로 되지 않는 일 때문에 슬플 때도, 힘들 때도 있겠지만, 좋아하는 마음으로 엮은 동아줄이 있다면 우린 언제든지 빠져나올 수 있다.

나에게 취미는 단순히 여가 시간을 채우는 '선택 옵션'이 아니다. 나의 삶을 더 단단하게 해주고, 지지해주고, 힘을 주는 '필수값'이다. 취미는 순간의 즐거움을 주기도 하지만, 나아가 삶 자체를 더 즐겁게, 열심히 살아가게 만든다.

좋아하는 마음을 따라, 모든 걸 털어내듯 신나게 불러보자.

쿵따리 샤바라 빠빠빠빠.

달리기

달리고 난 뒤 맥주 한 캔

거리나 빈도와 상관없이, 운동화를 신고 달리러 나가기만 한다면 누구든 달리는 사람이 된다. 달릴 때만 느낄 수 있는 감각이 있다. 볼을 스치는 바람도, 계절의 냄새도, 바닥을 치고 나가는 생동감도 모두 살아 있기에 느낄 수 있는 기분 좋은 감각이다.

마음이 저릴 땐 달리기를 하러 나간다. 몇 년 전과 비교하면 썩 나아진 해결책이다. 5년 전만 해도(암에 걸리기 전이다) 마음이 아릴 땐 무조건 술을 마셨다. 지금도 술을 좋아하지만, 그때는 좋아서 마시는 게 아니라, 머릿속을 흐릿하게 만들고 싶어서 마셨다. 가족들이 걱정할 정도로 술병이 많이 쌓여갔고, 하루하루가 위태로웠다. 술을 마시면 술이 눈물로 나왔다. 마트에서 계산원이 매일 와인을 한 병씩 사가는 나를 걱정의 눈초리로 바라봤다. 그게 답이 아님을, 그러면 안 되는 걸 알면서도 멈출 수가 없었다.

나를 대하는 방법이 180도 바뀌게 된 계기는 사실 별로 거창하지 않다. 한 달 동안 산티아고 순례길을 걷고 한국으로 돌아오는 길이었다. 잠깐 암스테르담에서 경유하는 시간이 있었다. 암스테르담은 예전에도 가본 적이 있던 터라 굳이 피곤한 몸을 이끌고 나가서 둘러봐야 할지 고민이 되었다. 그러다가 잠깐 바람이라도 쐬고 오자는 생각으로 무작정 거리로 나왔다. 공항 밖으로 나와 운하 근처에 자리를 잡고 앉아, 지나가는 사람들을 멍하니 쳐다보았다. 본인만의 스타일이 확고한 사람들, 반듯한 자세로 걷거나 자전거를 타고 달리는 사람들, 자신감이 넘쳐 보이는 사람들이 눈에 들어왔다. 말 그대로 그들은 '멋'있었다.

그날 나는 일기장에 나도 '멋있는 사람이 되고 싶다'는 말을 썼다. 그들이 왜 멋있게 보였을까? 외적인 부분이 멋있게 보였다기보다는, 본인에 대해 확신이 있어 보였기 때문이다. 물론 그 사람들의 삶을 자세히 들여다본 것도 아니고, 내가 받은 찰나의 인상이 그렇다는 거지만, 그걸 계기로 '멋진 사람'이란 무엇인지 계속 생각해보았다. 누구보다 자기를 잘 알고, 아끼고, 존중하고, 자신에게 좋은 방향으로 삶을 이끌어나가는 사람. 생각이 꼬리에 꼬리를 물고 계속 이어지다가, 이런 결론에 도달했다. 찌질하게 술이나 마시면서 울고 있지 말고, 멋있게 살자. 상처 때문에 울고 있을 시간에 이젠 운동하거나, 책을 읽거나, 좋아하는 일을 하자. 나를 부정적인 감정으로 갉아먹지 말고, 시간과 삶을 소중하게 사용하며 멋지게 살자. '멋있게 살자'는 그 단순한 생각이 많은 것을 바꿨다.

이제는 마음이 저려도 술로 해결하지 않고, 그냥 운동화 끈을 맨다. 밤공기를 맞으며 걷거나 달리면 에너지의 흐름이 바뀐다. 좋아하는 노래를 들으며 몇 바퀴씩 그냥 돈다. 부정적인 생각은 바람에 같이 실어 보내고, 살아 있다는 생동감을 느끼며 감사함과 행복감을 느낀다. 더 이상 나를 소진하지 않고, 나쁜 것들을 그냥 흘려보낸다. 무언가를 흘려보내기에 달리기만큼 적당한 운동은 없는 것 같다. 달리기는 나에게 단순히 운동이라기보다 중요한 방법 중 하나다. 슬프거나, 우울하거나, 속상할 때, 무언가 마음에 들지 않을 때 그 마음을 흘려보내는 방법. 나를 내가 지켜내는 방법. 뛰고 오면 가뿐해진다. 내가 다시 좋아지고, 건강하게 이겨낸 나 자신이 기특하다. 그러니 나에게 달리기란 내가 나를 좋아하게 만드는 방법이다.

달리기 생활을 지속하게 해준 일등 공신은 '런데이'라는 앱 서비스다. 런데이에는 매일 30분을 달릴 수 있게 도와주는 '30분 챌린지' 프로그램이 있다. 처음엔 2분씩 달리고, 그다음엔 5분씩, 그다음엔 10분씩 점차 달리는 시간을 늘려가서, 처음부터 강하게 몰아붙이지 않고, 천천히 나만의 페이스를 찾을 수 있게 도와준다. 가장 좋은 점은 달리는 내내 조언을 들려주는 '러닝 코치' 기능이 있다는 것이다. 러닝 코치의 말 중에서 "짧은 구간을 전속력으로 달리는 것보다, 느려도 꾸준히 같은 페이스로 달리는 게 더 중요하다"는 말이 기억에 남는다.

처음에는 10분 달리는 것도 죽을 맛이었는데, 이제는 30분도 거뜬하게 달릴 수 있다. 회사에서 종일 앉아 있다

보면, 얼른 밖에 나가 달리고 싶어 몸이 근질거리기까지 한다. 집에 가면 운동복으로 갈아입고, 집 앞 공원으로 뛰어나간다. 좋아하는 노래를 틀고, 힘차게 달리면 말 그대로 '살아 있다'는 느낌이 든다. 숨을 쉬는 것도 바람이 볼을 간지럽히는 것도 새롭다. 한낮의 푸르름을 보며 뛰는 것도, 야경을 보며 달빛 아래에서 뛰는 것도 저마다의 매력이 있다.

그렇게 30분을 달리고, 천천히 걷다가 아파트 입구에 있는 편의점에 들러 네 캔짜리 묶음 맥주를 사 간다. 여기까지가 완벽한 코스다. 집에 도착할 때까지 기다릴 수 없어 한 캔은 툭 까서 마시면서 들어가줘야 제맛이다. 겨울엔 추워서 몸이 움츠러들지만, 슬슬 봄 냄새가 날 때부터는 그 생동감 넘치는 감각을 다시 맛보고 싶어 몸이 근질거린다. 으아, 글을 쓰는 지금도 달리고 싶다.

해가 갈수록 건강하게 밥을 지어 먹고, 운동을 하고, 마음을 편안하게 하는 취미가 점점 더 좋아진다. 나를 좋은 환경에 놓아주고, 좋은 습관을 만들고, 좋은 사람으로 만들어주는 취미가 좋다. 할수록 소진되거나, 소비되는 게 아니라 할수록 더해지고, 깊어지고, 진해지는 취미가 많아지면 좋겠다. 그런 것들은 시간이 흘러 몇십 년 뒤에도, 할머니가 되어서도 느슨하게, 꾸준하게, 편안하게 즐길 수 있을 테니까. 지금 잠깐 즐거운 자극적인 것들 말고, 오랫동안 할 수 있는 것으로 나만의 습관과 생활 패턴을 만들고 싶다. 나이가 들수록 빛이 바래는 게 아니라, 나만의 빛깔로 더 빛날 수 있도록.

지금은 그 방식을 찾아 나가는 시기인 것 같다. 그래서 더 많은 것들을 해보고 싶다. 지금 내가 뿌린 씨앗이 나중에 어떤 식물로 자랄지, 어떤 기회가 될지, 어떤 기쁨이 될지 모른다. 별생각 없이 시작한 작은 취미가 그 언젠가 구덩이에 빠진 나를 구해줄지 모른다.

햇빛이 있는 방향으로 자라는 주광성 식물처럼, 나도 햇볕을 쬘 수 있는 환경을 자꾸 찾아 나서고 있다. 만약 빛을 찾을 수 없다면, 스스로 해가 되면 된다. 늘 잊고 싶지 않다. 내게는 변화를 만들어갈 수 있는 의지와 무엇이든 선택할 수 있는 자유가 있다는 것을.

나이트 워크

앞으로 또 얼마나 멋진 길을 걷게 될까

밤새 한강을 따라 걷다가 집에 도착했다. 나는 땀에 젖은 티셔츠를 벗지도 않고, 바로 방으로 뛰어 들어왔다. 세상에나, 서울의 밤은, 서울의 아침은 이렇게 아름다웠구나. 내가 잠들어 있는 시간 동안 세상은 이렇게 일찍 시작해서, 빛나는 아름다움을 내뿜고 있었구나. 감탄이 절로 나오던 그 순간의 감정을 잊지 않으려고 오자마자 글을 썼다. 눈부신 7월의 마지막 날, 나는 길에서 아침을 맞이했다.

두 달 전, 친구가 '한강 나이트 워크'에 참가하자며 링크를 하나 보내왔다. 한강 나이트 워크는 무박 2일로 진행되는 밤샘 걷기 행사다. 코스도 15km, 22km, 42km 구간으로 나뉘고, 출발 시간도 오후 6시부터 자정까지 여러 그룹으로 나뉘기 때문에 체력에 맞는 코스와 시간대를 선택할 수 있다. 우리가 선택한 코스는 자정에 시작하는 15km 코스였다. 시작하기 전엔 호기롭게도 "천천히 달리다가, 2시쯤에 완주하고 술 먹으면 딱 맞겠다"는 이야기를 했었는데, 실제로는 새벽 4시가 되어서야 느지막이 결승점에 도착했다. 저린 다리를 주무르며 우리가 이런 얘길 했었네 하고 껄껄껄 웃었다.

행사 당일 저녁, 체력을 위해 집에서 든든하게 전복 솥밥을 해 먹었다. 기념 티셔츠를 야무지게 챙겨 입고, 졸린 눈을 비비면서 밤 10시가 되기 전 집 밖을 나섰다. 보통 마라톤에 참여하면 새벽같이 집을 나서서 상쾌한 아침 공기를 마시면서 뛰는데, 밤에 출발하니 기분이 색달랐다. 졸리긴 했지만, 왠지 에너지 넘치게 시작하고 싶어서 '난 졸리지 않다!'를 속으로 되뇌며 청춘의 기세를 올렸다.

다행히 집을 나서니 졸음이 달아났다. 내가 가장 사랑하는 라디오 '푸른밤, 옥상달빛입니다'의 오프닝 음악이 들려왔기 때문이다. 평소 다른 노래를 듣다가도, 9시 59분이 되면 라디오 버튼을 눌러 오프닝 노래를 꼭 챙겨 들을 만큼 이 순간을 애정한다. 게다가 다정한 오프닝 멘트 뒤에 나온 첫 곡이 무려 페퍼톤스의 '21세기의 어떤 날'이었다. 나의 청춘을 도배했던 노래, 나를 청춘 영화의 주인공으로 만들어주었던 그 청량한 노래가 나와버렸다. 이 순간이 더 아름다워지고, 세상이 아름다워지는 노래. "오늘! 지금! 바로! 여기!" 하고 큰 소리로 노랫말을 따라 하는 동안 정신이 또렷해졌다.

우리가 선택한 코스는 여의도 한강공원에서 시작해 반포대교와 잠수교, 원효대교까지 지나 다시 출발지로 돌아오는 코스였다. 여의도에 도착했더니, 한강 나이트 워크라고 적힌 흰 티를 입은 사람들이 상기된 표정을 하고 집결지로 동동 떠내려가고 있었다. 나도 그 물살에 끼어 같이 걸어갔다. 낮에는 38도까지 올라가는 폭염이었는데, 자정이 되어가니 바람이 살짝 불어와 걸을 만했다. 딱 여름밤 날씨였다. 배에 참가 번호를 눈에 띄게 붙이고, 안전을 위해 야광봉까지 팔에 둘렀다. 마포대교를 건너는 10km 마라톤은 해본 적이 있는데, 이렇게 밤에 하는 건 처음이라 기대가 되었다.

푸른빛 야광봉을 지닌 사람들의 무리에 들어가 준비 운동을 공들여서 하곤, 12시가 되자 같이 출발했다! 출발한 지 3분 만에 편의점이 하나 나왔다. 트랙 위에 편의점과 화장실이 갖춰진 마라톤이라니, 썩 괜찮은데? 바로 편의점으로 들어가 맥주와 젤리를 사고 다시 트랙 위로 올랐다. "청(춘은) 바(로) 지(금)! 청바지!" 구호를 외치며 본격적으로 걷기 시작했다. 마라톤으로 알고 있었는데, 지금 생각해보니 '나이트 워크' 행사여서 다들 걸었나 싶다. 사람들이 일렬로 늘어서서 천천히 걸어가는 장면이 장관이었다. 파란색 불빛이 개미 떼처럼 줄지어 한강 위를 동동동 떠다니는 듯했다.

체력 비축을 위해 전복 솥밥까지 지어 먹고 왔는데, 걷다 보니 시큰대는 무릎과 욱신거리는 발바닥이 복병이었다. 무리하지 않고, 여유롭게 걸었다. 이야기를 나누면서 밤의 한강을 걷는 건 꽤 오랜만이었다. 한강 근처 아현동에 살았던 21살까지는 시도 때도 없이 마포대교를 넘어 다니고, 한강에서 밤을 지새웠는데, 분당으로 옮겨온 뒤에는 한강 방문이 연례행사나 다름없었다. 새삼스레 서울의 밤을 즐기는 사람들이 눈에 띄었다. 줄지어 낚시하는 아저씨

NIGHT Walk
42K
NIGHT Walk
22K
NIGHT Walk

들, 밤이 가는 줄 모르고 돗자리에 모여 앉아 이야기를 나누는 연인들과 친구들, 자전거를 타는 사람들. 와, 이 새벽에 다들 안 자고, 이런 여름밤을 보내고 있었다니 왠지 억울했다.

얼마 전에 서로 다른 에어팟을 끼고 있어도 같은 노래를 공유해서 들을 수 있는 오디오 공유 기능을 알게 되었다. 영화 〈비긴 어게인〉에 나왔던 낭만적인 2인용 줄 이어폰은 아니지만, 요즘 기술로도 비슷한 기분을 느낄 수 있다는 게 마음에 들었다. 나는 오디오 공유 기능을 켜고 친구에게 나를 들뜨게 했던 페퍼톤스의 노래를 들려주었다. "3분만 달리자" 외치고 줄지어 가는 사람들을 추월해서 앞질러 나갔다. 얼마 못 가서 다시 걷긴 했지만, 상쾌한 기분이 들었다. 그 흔하고, 뻔한 청춘이란 단어 말고는 이 밤에 어울리는 말이 없었다.

걸어서 잠수교를 건너고, 다시 원효대교를 건넜다. 하늘과 한강 사이에 껴 있는 내가 귀엽게 느껴질 정도로 하늘은 광활했고, 한강은 깊었다. 중간중간 화살표를 보며, 산티아고 순례길이 떠올랐을 때쯤 친구가 "와, 산티아고는 도대체 어떻게 걸은 거야"라고 물었다. 나도 궁금하다. 그때 대체 어떻게 하루에 45km를 걸었을까. 이제는 무릎이 다 시큰거리는데. 그러니 더 아프기 전에 많이 걷고, 느끼고, 누리고, 돌아다녀야겠다고 생각했다. 엄마가 했던 말을 몸소 느끼는 시간이었다. 다리 후들거리기 전에 하고 싶은 거 다 하고, 많이 돌아다니라는 말.

그렇게 결승점에 도착해서 메달을 손에 쥐었다. 지쳐서 잠시 쉬고 있는데, 눈앞에 가방에 인증 배지 6개를 단 사람들이 지나갔다. 오후 6시에 시작해 42km 코스를 완주한 사람들이었다. 속으로 응원의 박수를 보냈다. '3시간 걷고, 후들거리는 내 다리야 나약한 소리하지 마라, 멋쟁이가 앞에 지나간다.'

꽤 멋지게 나이트 워크를 완주하고, 새벽 4시의 한강을 바라보며, 참깨 라면과 맥주를 후루룩 첩첩 들이켰다. 그 시간까지도 따릉이를 타는 사람들이 있었다. 이 사람들의 밤은 몇 시까지인 걸까, 어쩌면 이른 아침인 걸까? 휘청거리는 다리를 부여잡고 집에 가는 길에 다시 라디오를 켰다. 그런데 그 순간, 하늘이 갑자기 환해졌다. 귓가에선 드라마 〈스물다섯 스물하나〉의 배경음악 'Starlight'가 들렸다. 이 노래를 들으며 탄천을 달리면 펜싱 천재 나희도가 된 것 같은 느낌이 들곤 했다. 나만의 '청춘 플레이리스트' 19번째에 있는 노래다. '와, 오늘 진짜 무슨 날인데 이렇게 하루의 오프닝 곡과 클로징 곡이 완벽할까.' 내가 선곡한 게 아니라서 그 우연이 더 큰 감동으로 다가왔다. 여의도를 빠져나가려는데, 활활 타오르는 불길 같은 엄청난 일출이 시작되었다.

시뻘건 빛깔이 점차 위쪽으로 물들더니, 이내 온통 하늘이 붉은색, 하늘색, 파란색, 하얀색으로 뒤섞였다. 일몰인지 일출인지 헷갈릴 정도로 강렬한 빛깔이었다. 황홀한 아침이었다. 또 한 번 배신감이 느껴졌다. 뭐야, 내가 '5분만 더' 하면서 알람을 끄는 아침마다 이런 장관이 펼쳐지고 있었다니. 아름다운 세상이 제 역할을 묵묵히 해내고 있었다니. 이 아름다움을 놓친 그동안의 내가 너무 불쌍할 정도의 장관이었다. '난 올해 7월의 마지막 날을 정말 못 잊을 거야. 정말 정말로.' 걷기와 달리기를 좋아하는 나에게 고마웠고, 새로운 세상을 소개해주고 같이 걸어준 친구에게 고마웠고, 완벽한 타이밍에 이런 장관을 보여준 세상에 고마웠다.

계속 걸어야겠다. 그러면 또 이런 순간들을 마주할 수

있겠지. 앞으로는 또 어떤 길을 걷게 될까.

또 어디서 "청바지!"를 외치며, 둥둥 떠내려갈까. 계속 걷고 싶다. 어디든 걷고 싶다.

페스티벌

너무 오래 기다렸어요

3년 만이었다.

차 안에서 볼륨을 최대치로 틀어 둥둥거리는 음악을 듣는 것과는 비교할 수 없는 자유로움이었다. 코로나로 진행되지 못했던 '인천 펜타포트 록페스티벌'이 3년 만에 열렸다. 저렴하게 예매할 수 있는 얼리버드 티켓이 나왔을 때 3일권으로 2장을 예매해두었다. 그런데 나의 록페스티벌 동반자인 친구가 함께 가지 못하게 되었고, 주변 사람들도 모두 일정이 맞지 않았다. 혼자는 가본 적이 없어서, 괜히 가서 수줍게 입 틀어막고 구석에서만 방방 뛰는 건 아닐지 걱정했다.

취미 활동을 할 때 따라오는 고민 중 하나는 함께할 사람을 찾는 것이다. 마음 맞는 친구와 취미를 같이 즐기면 행복이 두 배로 커진다. 그런데 모든 취미를 항상 누군가와 같이할 수는 없다. 어떤 활동을 할 땐 잘 맞는 사람도 다른 부분에서는 나와 전혀 성향이 다를 수도 있다. 그때그때 취미 동반자가 생기면 함께 즐기면 된다. 좋아하는 마음을 따라가다 보면 비슷한 사람들을 만날 수 있으니까. 함께할 이가 없다고 슬퍼할 필요는 없다. 그럴 땐 내가 직접 나의 취미 동반자가 되어주면 된다.

내가 나의 취미 동반자가 되기로 마음먹고, 퇴근 후 인천으로 달려갔다. 반차를 쓰고 점심시간쯤 빠져나와 오후 일찍 도착했는데도 줄이 어마어마했다. 입장하려고 줄을 서 있는데, 담벼락 너머 심장을 울리는 '둥둥둥' 베이스 소리가 들렸다. 기다리면서 여긴 어떤 사람들이 오나 둘러보았다. 내 또래 말고도, 어린아이를 데려온 부부부터, 혼자 온 외국인, 친구들과 함께 온 50대까지 정말 다양했다. '나도 아이를 낳아도, 50대가 넘어도, 친구나 아이들과 함께 계속 록페스티벌에 와야지'라고 생각하다 보니 줄은 금세 줄었다.

짐 검사에서 또 대기, 입장 밴드 받는 곳에서 또 대기, 들어가는 길목에서 또 대기. 38도까지 올라가는 폭염인데 하필 그날 아침에 선크림이 똑 떨어져서 맨몸으로 햇볕 아래 서 있어야 했다. 입장하자마자 그늘 주변 아무 데나 돗자리를 펴고, 짐을 던져놓고, 무대 앞으로 달려 나갔다. 가수 유라의 무대가 한창이었다. 사람들은 유라의 노래 '춤'을 들으면서 다 같이 춤을 추고 있었다. 스피커의 둥둥 소리에 가슴이 뛰었다. 뒤쪽에서는 사람들이 자유롭게 뛰거나, 알 수 없는 몸짓으로 음악을 즐기고 있었다. 아, 이 자유로움. 진짜 그리웠다.

록페스티벌은 보통 여러 개의 무대를 세팅해두고 시간표를 엇갈리게 짜기 때문에 한 무대가 끝나면 우르르 다음 무대로 정신없이 왔다 갔다 해야 한다. 앉아 있을 시간이 거의 없다. 예전에 비 오는 날 친구와 핫도그를 입에 물고 무대 사이를 뛰어다닌 적도 있다. 저쪽에서는 음악이 들리는데 앉아서 밥을 먹으려니 그 시간도 아까웠다.

유라의 무대가 끝나갈 때쯤 맥주를 사러 갔다. 록페스티벌엔 시원한 생맥주지. 말이 필요 없는 조합이다. 그런데 사전 조사에 취약한 '즉흥왕'인 나는 미리 알아보지도 않고 표만 덜렁 끊고 와서 이 안에선 특정 금융사의 카드로만 결제할 수 있다는데, 전혀 몰랐다. 결제할 차례가 되어 현금과 다른 카드를 들이밀어보았지만, 안 된다는 대답이 돌아올 뿐이었다. 급하게 옆에 있는 사람한테 돈 드릴 테니, 맥주 한 잔만 같이 사달라고 부탁했다. 나의 행복을 지켜준 그녀에게 연신 고맙다는 인사를 건네고 이 상황이 웃겨서 또 웃었다.

맥주를 들고 메인 스테이지에 가니 이번엔 선우정아의 차례였다. 선우정아의 노래도, 선우정아라는 사람 자체도 정말 좋아하는데, 이렇게 큰 무대에서 볼 수 있다니 너무 좋았다. 선우정아의 노래를 안 들어본 사람이 있다면 제발 들어보라고 사정하고 싶다. 재즈와 록을 넘나드는 그녀의 목소리를 듣고 있으면, 황홀한 눈빛으로 '사랑해요'를 외칠 수밖에 없다. 무대를 보는 내내 활짝 웃고 있었다. 동네에서 유명한 몸치인 내가 한 손엔 맥주를 들고, 마음껏 춤을 추면서 뛰고 있었다. 고개를 뒤로 젖혀 파란 하늘을 올려다 봐도 좋았고, 고개를 들어 무대를 봐도 좋았고, 좌우로 돌려 주변을 신경 쓰지 않고 춤추는 사람들을 봐도 좋았다.

한참 춤을 추다가 대충 던져놓은 돗자리에 벌렁 드러누

워 숨을 고르고 다시 출격했다. 여기저기 쏘다니다 보니 어느새 해가 예쁘게 지고 있었다. 이곳은 해가 지는 서쪽. 붉어지는 하늘 아래 모두 웃고 있다. 폭염도 상관없고, 땀이 나도 상관없다. 비가 와도 상관없다. 어차피 흠뻑 젖을 거니까.

무대에 오른 아티스트들이 말했다. "정말 너무 오래 기다렸어요. 너무 그리웠어요. 저 지금 인이어 뺐어요." 인이어를 뺐다는 건 우리의 함성을 들을 준비가 되었다는 말이다. 기다렸다는 듯이 사람들이 함성을 쏟아냈다. 록페스티벌에서 빠질 수 없는 '슬램slam'이 벌어졌다. 슬램이란 둥글게 서서 빈 공간을 만들고, 빙글빙글 돌다가 가운데로 몰려들어 서로 몸을 부딪치며 함께 춤추는 것이다. 지금까지 멀리서 본 적은 있었지만, 그 안으로 들어가본 건 처음이었다. 태풍 밖에서 구경하던 것과 태풍의 눈으로 들어가 같이 휩쓸리는 건 확연히 달랐다. 손뼉을 부딪치고, 몸을 부딪치고, 소리를 지르고, 웃었다.

첫째 날의 헤드라이너는 넬이었다. 3년 전 마지막으로 갔던 페스티벌의 헤드라이너도 넬이었다. 차 안에서 엄청나게 많이 들었던 노래가 현장에 울려 퍼졌다. 'Ocean Of

Light'라는 노래가 나오자 사람들이 호흡을 맞춰 박수를 보냈다. 이 박수 소리를 들으니 드디어 내가 진짜로 페스티벌에 왔구나 싶었다. 혼자여서 수줍게 있을까 봐 걱정했던 시간이 무색하게 첫날은 춤추느라 바빴다. 둘째 날은 남편과 함께 갔고, 마지막 날은 같은 가수를 좋아하는 친구와 갔다. 하루 10시간 동안 4만 보를 걸었다. 3일 동안 몸무게가 2kg이나 빠졌다. 계속 이 무대 저 무대를 누비며, 쉴 새 없이 뛰고, 노래 부르고, 춤을 췄다. 맨발로 진흙탕에서 춤을 추는 사람들과 손뼉을 치는 사람들. 모두 같이 순수하게 웃으면서 그 시간을 즐겼다.

그로부터 세 달 뒤, 이번엔 철원 고석정에서 열리는 'DMZ 피스트레인'에 갔다. 인천 펜타포트 페스티벌 때도 3일 내내 판교에서 인천까지 달려가긴 했지만, 이번에는 철원이라 고민이 되었다. 그래서 꽃가마라는 셔틀버스를 이용했다. 아침에 버스를 타고 철원으로 출발해서 자정이 넘어서 다시 집으로 돌아오는 일정을 이틀 동안 반복했다. 동강이 흐르는 고석정의 아름다운 자연경관 속에서 사람들은 노래를 듣고, 요가를 하고, 배를 탔다. '음악'이라는 이름으로 남녀노소가 섞여 함께 춤을 췄다. '선을 긋기 전에 모두 함께 춤을 추자. 우리의 평화는 음악'이라는 페스티벌 슬로건처럼 사람들은 춤으로 평화를 말하고 있었다. 어르신들과 흥겹게 춤을 추다가도, 어린아이들의 춤사위를 구경했다. 지역 주민과 상생하는 페스티벌답게 철원의 특산품 막걸리와 도토리묵도 즐길 수 있었다. 어르신들은 분수대에 모여서 춤을 추며 젊은이들이 어디서 왔는지 묻거나 말을 걸기도 했다.

페스티벌이 끝난 후 친구들과 종로의 한 와인 바에서 뒤풀이를 했다. 주인장 친구 덕분에 가게 안을 페스티벌에서 들었던 노래로 가득 채우고, 그날의 이야기를 하면서 또 다음을 기약했다. 다음은 '글래스턴베리(영국의 예술 축제)'야! 다음은 '버닝맨(미국 블랙록 사막에서 열리는 축제)'이야! 그렇게 자꾸 다음을 기약하고 싶다. 지금 여기에 두 발을 딛고 있으면서도, 자꾸 훗날 다음 번에 더 재밌는 일들을 예약해두고, 기대하며 살고 싶다.

종종 페스티벌에서 놀던 날의 영상을 꺼내 본다. 스트리밍 서비스의 깔끔한 음질이 아닌 사람들의 함성, 웃는 소리, 노래 부르는 소리, 몸을 부딪치는 소리가 뒤섞인 페스티벌 라이브를 보고, 듣는다. '노래'가 아니라 '페스티벌'을 듣고 싶은 날들이 있다. 그 공간에 있다고 상상하면서 다시 자유로움을 느낀다. 오늘도 글랜체크의 노래 '60's cardin'의 페스티벌 라이브 영상을 보면서 집 안에서 혼자 춤을 추고, 사무실에서 발로 박자를 탄다.

"Keep me young and free."

지난 페스티벌 때 크게 따라 불렀던 노랫말이다. 지금의 젊음과 자유를 계속해서 유지하겠다는 이 가사처럼 나도 그렇게 살고 싶다.

- 나만의 호비 노트 만들기 -

내가 어떤 사람인지 알고 싶다면, 이 질문에 직접 답을 적어보세요. 답을 떠올리는 동안 자연스레 내 취미와 취향에 대해 더 깊이 알게 될 거예요.

1. 가장 좋아하는 운동이나 액티비티는?

2. 새롭게 배우고 싶은 것은?

- 작가의 호비 노트 엿보기 -

1. 가장 좋아하는 운동이나 액티비티는?

'가장'이라는 수식어가 들어가는 질문이 '가장' 대답하기 어렵다. 좋아하는 마음은 시시때때로 바뀌고, 공평하게 다 좋기 때문이다. 그래도 그중 1순위를 뽑으라면 '백패킹'이다. 잘하는 게 아니라 좋아하는 거라고 물었으니 할 수 있는 대답이다. 이번 주말에도 엄마를 따라 운탄고도로 백패킹을 가기로 했다. 당신도 '가장'이라는 수식어가 어렵게 느껴진다면, 지금 마음에 가장 먼저 떠오른 그 아이를 적어보길.

2. 새롭게 배우고 싶은 것은?

배우고 싶은 건 너무 많다. 목공 기술을 배워서 가구를 직접 만들고 싶고, 꽃꽂이를 새로 배워보고 싶다. 집 안 곳곳에 내가 만든 가구를 두고, 내가 선택한 꽃을 두고 싶다. 클라이밍도 도전해보고 싶고, 다도도 전문적으로 배워보고 싶다. 무엇보다 올해는 영어를 좀 더 능숙하게 말할 수 있도록 꾸준히 배워보려 한다. 새로운 일은 늘 즐겁다.

4장

어디론가 훌쩍 떠난다는 것

◦ HOBBY CLUB ◦

•

◦

정해진 길에서 사소한 변주를 줄 때 우리의 일상은 예상치 못하게 풍성해진다. 단순한 방법이다. 떠나고 싶으면 떠나고, 하고 싶으면 해보기, 일상에 숨 쉴 틈을 만들어두기. 어디론가 떠나기 위해서는 꼭 일주일치의 휴가를 내거나 비행기를 타지 않아도 된다. 잠시 숨을 돌릴 수 있는 장소에서 휴식을 취하거나, 점심시간에 자전거를 타는 것만으로 충분하다. Never Try, Never Know. 해봐야 알고, 떠나봐야 안다는 이 단순한 문장이 나를 움직이게 만든다. 점심시간에도, 주말에도, 언제든.

운전

어디든 갈 수 있다는 자유로운 마음

나를 새로운 세상으로 이끌어주는 사람들을 좋아한다. 가령 내가 해보지 못한 것을 함께 해보자고 제안하거나, 새로운 경험을 할 수 있도록 옆에서 불을 붙여주고, 나를 새로운 세상에 뚝 떨어뜨려 놓고, 한 발 한 발 나의 세계를 넓혀주는 사람들. 꼭 새로운 경험이 아니더라도 내가 좋아하는 걸 알아채고 먼저 제안해주는 이들이 있다.

보름달 떴는데 밤 산책하러 가자. 여름이니까 한강 수영장 가자. 주말에 당일치기로 바다 다녀오자. 첫눈 오니까 어묵 바에서 사케 마시자. 산에 나무가 무성하니까 백패킹 가자. 록페스티벌 가서 뛰어 놀자. 책 읽으러 카페 가자. 도

자기 체험하러 가자…….

그런 사람들은 내가 일상에 휘둘려 나만의 빛깔을 잃지 않도록, 좋아하는 마음이 무뎌지지 않도록 도와준다. 어떻게 하면 그런 사람을 많이 만날 수 있을까 고민하다가, 가장 가까운 사람이 생각났다. 바로 '나' 자신이었다. 내가 나에게 그런 사람이 되어주면 되는 거다.

충동적으로 운전대를 잡았던 그날도 마찬가지였다. 집과 회사만 반복해서 오가다 보면 어디 드넓은 자연에 가서 숨 한번 크게 들이마시고 내쉬고 싶어지는 순간이 온다. 그 마음에 불을 지핀 건 릴러말즈의 'Trip'이라는 노래였다. 숨 돌릴 겸, 계획 없이 혼자 여행을 다녀오겠다는 가사가 귀에 콕 박혔다.

그래, 잠깐 다녀오면 되잖아. 멀리 가는 것도 아니고 잠깐, 숨만 쉬고 오자. 강릉에서 일출이 보고 싶어서 간단한 계획을 세웠다. 새벽 4시에 출발해서 일출을 보고, 국밥 먹고, 따뜻한 커피 한잔하고 올라온다는 계획. 가다가 졸리면 차에서 좀 자야 하니까 뒷좌석을 눕혀 침대처럼 만들고, 따뜻한 이불까지 준비해뒀다. 다음 날 새벽 4시에 일어나긴

했는데, 망설여졌다. 잠깐 해 뜨는 것만 보고 올 거면서 가는 게 맞나, 그냥 잘까? 내일 또 출근하니까 일찍 와야 하는데……. 고민하다가 겨우 몸을 일으켜 차에 올라탔다.

고속도로에 들어섰는데 졸음이 쏟아지기 시작했다. 휴게소에 들러 눈을 잠깐 붙였다. 일어났을 때는 이미 날이 밝은 뒤였다. 오늘의 유일한 목표였던 일출을 놓치다니. 또 한 번 선택의 기로에 놓였다. 일출을 못 봤어도 강릉까지 갈 것인가, 집에 돌아갈 것인가? 나는 둘 다 선택하지 않았다. 다시 고속도로에 올라타 가장 가까운 곳인 횡성으로 빠져나왔다.

일단 문을 연 카페에 첫 손님으로 들어가 커피를 한 잔 마셨다. 지도 앱을 켜서 주변에 있는 가장 가까운 휴양림을 찾았다. 숨 좀 크게 쉬고 싶어서 온 거니까 휴양림으로 가자. 그렇게 장태산 자락에 있는 국립횡성숲체원 휴양림에 도착했다. 차에서 내려 숲길을 걷자마자 오길 잘했다는 생각이 들었다. 아직 이른 아침이어서 쌀쌀하긴 했지만, 공기가 맑고 시원했다. 고개를 들어 나뭇잎 사이로 쏟아지는 햇빛을 바라보았다. 맑은 날씨, 푸르른 숲속, 딱 내가 원했던 곳이었다. 휴양림 중간중간 글귀가 적힌 팻말이 있었는데,

이 문구가 눈에 띄었다.

목표를 향해 달려가는 동안 휴식은 참 중요합니다. 하지만 우리는 늘 휴식을 잊고 살고 있죠. 가만히 아무 생각 없이 하늘을 보며, 흘러가는 구름, 흔들리는 잎사귀들이 전하는 메시지에 집중해보세요. 나 자신에게 충분한 휴식 시간을 주는 것이 포인트!

'포인트!'에 고개를 끄덕이며 천천히 한 바퀴를 돌았다. 그러고도 출구를 못 찾아서 주차장까지 2시간을 더 헤매긴 했지만, 온통 자연이어서 그 시간도 꽤 괜찮았다. 오래 걸어서인지 배가 고파 지나가다가 가장 먼저 보이는 식당에 들어갔다. 청국장 백반과 감자전을 시켰다. 마음 같아선 막걸리 한잔하고 낮잠을 자고 싶었는데 집으로 돌아가야 하니 참았다. 하루치 '숨 쉬기 여행' 일정 중에 유일하게 아쉬웠던 순간이다. 군침 도는 청국장과 밑반찬까지 싹싹 긁어 먹고, 든든한 마음으로 자판기 커피까지 뽑아 마셨다. 신나는 음악을 들으며 횡성 산자락을 달리면서, 안 왔으면 어쩔 뻔했나 생각했다. 책상 앞에서 골머리를 앓으며 '떠나고 싶

다'는 생각만 했을 것이다.

서울로 올라가려고 고속도로를 탔는데, 치악산국립공원 표지판이 보였다. 나는 또 한 번 핸들을 틀었다. 고속도로에 들어선 지 5분 만에 다시 빠져나와 이번엔 치악산 자락에 차를 세워두고, 트렁크를 열어 침대처럼 만들어둔 뒷자리에 누웠다. 한참을 그대로 누워 조용하고, 차분하고, 맑은 기분으로 시간을 보냈다. 그렇게 충분히 쉬고 서울로 돌아왔는데도 오후 4시도 안 되는 시각에 집에 도착했다. 긴 여행도 아니고 정말 잠깐 여유를 즐긴 거지만, 다른 사람의 제안이나 주도가 아니라 내가 스스로 숨 쉴 시간을 마련했다는 사실이 뿌듯했다. 이후로 생각이 많이 달라졌다. '나를 움직이는 힘'은 내게 있다. 한 번 해보고 나니 이제 어디든 못 갈 이유가 없어졌다. 이 추진력과 기동력으로 실제로 실행에 옮기면 되는 거니까.

운전을 하는 동안에는 핸들을 잡아야 하기 때문에 핸드폰을 보거나 다른 일을 할 수 없다. 그러다 보니 항상 부산스럽게 동시에 여러 가지 일을 하는 나에게 운전은 명상하는 시간과도 같다. 매일 출퇴근길 운전하며 멍하니 시간을 보내다 보면 평소와는 다른 방향으로 생각의 길이 뻥 뚫리거나, 진짜 내 마음속 이야기가 들려온다. 보는 사람도, 듣는 사람도 아무도 없는 그 작은 공간에서 나는 묘한 해방감을 느낀다. 출근 시간은 피곤하고 고되지만, 커피를 챙겨 좋아하는 노래를 틀어놓고 운전을 하다 보면 여행길을 떠나는 것처럼 들뜨기도 한다.

운전을 좋아하는 건 무엇보다도 '마음만 먹으면 어디든지 갈 수 있는 자유'가 있기 때문이다. 내 마음이 하는 이야기에 귀를 기울이고, 그것을 좇아 실제로 행동에 옮길 수 있는 자유. 퇴근하고 바다를 갈 수도 있고, 주말이면 숲속에 갈 수도 있고, 새벽엔 별을 보러 갈 수도 있다. 마음만 먹으면 언제든지 새로운 세상으로 갈 수 있다는 건 엄청난 권한이다. 그 가능성과 기대감이 좋다.

언제든지 나를 새로운 세상으로 데려갈 수 있는 건 핸들을 쥔 나 자신이다. 다른 사람의 차에 얻어 탈 생각하지 말고, 내 인생의 운전대를 직접 쥐고 가면 된다. 승객이 아닌 운전자로.

내가 직접 운전대를 잡았던 '숨 쉬기 여행'. 그때 느꼈던 감정들은 이후로도 생각의 갈림길에 설 때마다 나를 좋은 쪽으로 이끌어주었다. 언제나 우리의 사고 회로는 안 되는 이유를 먼저 찾는 쪽으로 돌아간다. 일해야 하니까, 기름값 생각하면 너무 아까우니까, 피곤하고 귀찮으니까. 이런 생각만 하다 보면 아무 데도 갈 수 없고, 아무것도 할 수 없다. 그동안 운전을 하면서 몇 번 사고를 당했는데, 빗속에서 연달아 큰 사고가 난 뒤에는 비 오는 밤에는 운전을 잘 못한다. 사고 나던 순간이 떠올라 심장이 쿵쿵 뛰고 겁부터 난다. 그렇지만 겁먹고 운전대를 놓기에는 아직 가봐야 할 곳이 너무 많다. 나만의 작은 공간에서 느낄 수 있는 행복, 그리고 어디론가 달려갈 때의 설렘이 너무 크다. 습관적으로 안 되는 이유를 찾는 게 아니라, 할 수 있는 방법을 생각하고, 하면 뭐가 좋은지부터 생각하고 싶다.

나이가 들수록 비효율적인 일들을 가지치기하듯 잘라내는 건 시간과 에너지가 한정되어 있기 때문일 것이다. 정해진 일만으로도, 집안일과 회사 일만으로도 지치는데 굳이 또 다른 기쁨을 찾아 나서는 모험을 하고 싶지 않은 것이다. 그렇기에 취미를 가진다는 건 삶을 즐기기 위한 시간과 에너지를 중요하게 여기고, 우선순위로 남겨둔다는 말과 같다. 바쁘다는 핑계로 미루지 않고, 우선 삶을 즐기고 돌아볼 수 있도록 말이다. 빈틈없이 들어찬 시간표에 커피를 내리거나, 어디론가 훌쩍 떠나거나, 산책하는 시간이 끼어들기에는 여간 각박한 게 아니니까. 그러니 나를 자꾸 새로운 세상으로 드라이브시켜 주려면 빈 공간을 조금은 남겨두자.

인생의 좌표를 어디로 찍고 달려갈 것인가는 온전히 나의 선택에 달려 있다. 언젠가 취미란에 '내 삶 운전하기'를 적어봐야겠다. 내가 운전하는 대로 방향이 휙휙 바뀌는, 주도권이 나에게 있는 삶을 꿈꾸며.

여행

마음껏 모험하고 싶어, 산티아고의 여름과 섬진강의 벚꽃

휴가가 아니라 여행이 가고 싶었다. 호캉스가 아니라 탐험이 하고 싶었다. 나의 떠남은 늘 그랬다.

결혼한 지 3개월 만에 스페인 산티아고로 떠났다. 산티아고 데 콤포스텔라로 향하는 길, 즉 '까미노 데 산티아고'라고 불리는 순례길을 걷기 위해서다. 프랑스 생장에서 스페인 산티아고까지 약 800km를 걷는 여정이었다. 27살에 갑작스러운 암 진단을 받고, 수술 날짜를 잡자마자 급하게 떠난 길이었다. 30일 동안 10kg가 넘는 배낭을 메고 하루에 20km에서 많게는 45km까지 걸었다. 여러 나라 사람

들을 만나 많은 이야기를 나누었고, 생각을 정리했다. 때론 상상해보지 못한 곳에서 잠들기도 했다.

산티아고 순례길에는 단 하나도 정해진 게 없다. 내 몸과 마음의 상태에 귀 기울이고, 오늘은 얼마나 걸을지, 어느 마을에서 잘지 모든 것을 스스로 정해야 한다. 한 달 넘게 '지혜 뭐 하고 싶어, 어떻게 하고 싶어?' 계속 물어보고, 하고 싶은 대로 하다 보니 내 마음이 어디로 가는지 조금은 선명해졌다.

해가 바뀌기 전에 이런 다짐을 했다. 내 삶의 선택권을 다른 사람에게 쉽게 넘기지 않겠다고. 어린 시절의 나는 옷 하나를 살 때도, 저녁에 떡볶이를 먹을까 말까를 고민할 때도 친구들에게 물어보고 결정하는 우유부단한 아이였다. 내 삶인데도 누군가의 동의를 얻었다. 내가 하고 싶은 대로 하면 되는데! 선택이 고민될 때는 '나'한테 물어보면 된다. 하고 싶어? 하고 싶으면 하는 거고, 아니면 말고. 내 멋대로 하면 된다. 내 인생이니까.

그 여름의 산티아고는 내가 자연 속에서 가장 큰 에너지와 영감을 받는다는 사실을, 나의 가장 중요한 가치관은 사랑뿐만 아니라 자유였다는 점을 알게 해주었다. 건강한 몸과 마음으로 살고 싶다는 생각, 나이가 들어도 남편과 손 잡고 어디든 걷고 싶다는 소망도 발견했다. 무엇보다 나에 대한 확신이 생겼다. 내가 어떤 색으로 빛나는 사람인지, 내가 얼마나 강한 사람인지 알게 되었으니까. 그 마음을 잊고 싶지 않아 독립 출판으로 산티아고 여행기 《우는 대신 걸을게요》를 펴냈다.

이 세상에 나보다 나를 잘 아는 사람이 있을까. 태어날 때부터 지금까지, 아침부터 밤까지, 슬프게 울던 모습부터 벅차게 행복해하는 모습까지 나의 모든 시절과 모든 모습을 아는 건 나밖에 없다. 그러니 이젠 내 선택에 확신을 갖고, 무엇보다 나라는 존재 자체를 사랑하고 믿어주려 한다. 내가 무언가를 하고 싶다면 다 이유가 있을 것이다. 내가 무엇을 하고 싶은지, 내가 어떤 사람과 함께하고 싶은지 귀를 기울이다 보면, 내가 좋아하는 것들이 조금 더 분명해지고, 더 선명한 나를 만날 수 있지 않을까.

나의 떠남은 나에 대한 확신을, 생각을 더 단단하게 만들어주는 과정이었다. 낯선 환경에서 낯선 사람들과 이야기를 나누고, 탐험하며, '혼자 생각하고, 결정하는 과정'을 겪다 보니 흐릿했던 내 모습이 점점 진해졌다. '자신 있는 결정'을 하기 위해서는 모든 결정과 선택에 '나 자신'이 있어야 한다. '자신 있다'는 말은 자신다운 선택과 결정이라는 말, 곧 의심 없이 자신을 믿어준다는 말과도 같다.

'자신 있는 나'를 찾고 싶어서, 휴가보다는 여행을 떠난다. 안락하고, 편안한 여행보다는 조금 불편하더라도 새로운 방식의 여행을 늘 선호한다. 마음이 가장 힘들 무렵 편안한 휴양지나 호텔보다는 800km 걷기를 선택했던 것처럼 말이다. 19살에는 친구들과 한 달 동안 동남아 배낭여행을 떠났다. 라오스와 태국 치앙마이, 말레이시아 페낭과 캄보디아를 넘나들며 걸어서 국경을 넘고, 무작정 도착한 도시에서 게스트하우스를 구하고, 친구들을 사귀었다. 탈도 많고, 매일매일 한 치 앞을 몰랐던 청춘의 여행이었다.

마음만은 지금도 쿠바와 남미를 탐험하고 있지만, 정해진 휴가를 쪼개 써야 하는 직장인은 할 수 있는 선에서 나만의 모험을 떠나기로 한다. 해마다 봄이 되면 계획 없이 마냥 국내 어딘가로 떠나곤 했다. 어느 봄에는 '섬진강에서 벚꽃을 보고 싶다'는 생각 하나만 가지고 캠핑카를 빌려 무작정 하동으로 떠났다.

우리는 떨리는 마음을 안고, 캠핑카를 끌고 벚꽃 여행을 떠났다. 섬진강이라는 목적지만 정해두고 떠났는데, 캠핑카를 처음 운전하다 보니 낯설고, 무섭고, 생각보다 긴장되었다. 내부에 침대와 화장실, 부엌을 비롯해, 에어컨과 난방까지 갖춰진 캠핑카였지만, 그만큼 덩치가 커서 운전하기가 쉽지 않았다. 일반 차와는 높이가 다르기 때문에 낮은 터널이나 교량은 입장하지도 못했다. 이대로 섬진강까지 가긴 힘들 것 같아 가는 길에 전주로 빠져나와 만경강 강변에 자리를 잡았다. 우연히 들어가게 된 곳인데 너무 마음에 들어 그대로 2박을 묵었다. 아름다운 일몰을 보며 잠들고, 아침이면 천천히 커피를 내려 마시며 책을 읽었다.

3일째에 다시 하동으로 떠나 섬진강 벚꽃 길을 달렸다. 처음 봤다. 그렇게 아름다운 벚꽃 길은. 우리에겐 그대로 누워 잘 수 있는 집이 있었기 때문에 관광 명소로 들어가는 대신 사람이 적은 길로 빠졌다. 벚꽃 길을 달리다가 마음에 드는 지점에서 차를 세웠다. 그곳이 그날 우리의 숙소가 되었다. 그 아래에서 하염없이 책을 읽고, 맥주를 마셨다. 눈을 뜨면 창밖으로 아름다운 벚꽃과 섬진강이 보였다.

다음 날은 구례의 산수유 마을로 떠났다. 언젠가 라디

ORION
K-CAMP
1833-6245
Coachmen

오에서 구례의 산수유가 아름답다는 이야기를 들은 적이 있어 궁금했다. 산수유 마을은 생각보다 더 소담하고 아름다웠다. 벚꽃이 화려하다면, 노란빛의 산수유꽃은 잔잔하고 은은했다. 마을 곳곳에서 동네 주민들이 마음을 다해 공간을 가꾼 흔적이 보여서 더 정겨웠다. 동네를 산책하고, 마을의 유래를 살펴보면서 이곳 사람들의 인생을 상상해보았다. 이렇게 여행하다 보면 내 세상 너머에 있는 더 넓은 세계가 궁금해진다. 누군가는 섬진강에서 군밤을 팔며 추억을 만들고, 누군가는 산수유나무를 가꾸며, 산수유 마을을 만든다. 앱 서비스 기획자로 일하면서 거기에만 몰두해왔는데, 새삼 이런 생각이 들었다. 모두가 앱 서비스에 관심이 있는 것도 아니고, 모두가 혁신과 성장을 갈구하는 것도 아니다. 세상엔 정말 다양한 삶이 있다. 두 발로 세상을 걸을 때 느낄 수 있는 것들이다.

내 인생의 쾌활한 모험가형 주인공이 되고 싶다. 여행뿐만 아니라 일상에서도 모험하고 싶다. 결정을 앞두고 '내가 할 수 있을까?'라는 생각이 들면 악동뮤지션의 노래 'EVEREST'를 듣는다. 누군가 에베레스트를 정복했다는 사실은 불가능한 건 세상에 없단 증거라고. 세상에 내가 갈 수 없는 곳은 없고, 할 수 없는 일은 없다. 너무 궁금한 게 많고, 다 해보고 싶다. 다 찍어 먹어보고 싶다. 최대한의 나를 만들어가며, 가능성을 탐험하고 싶다.

엄마랑 여행할 때 가장 많이 듣는 말이 있다. "경로를 이탈하였습니다." 즉흥적으로 핸들을 돌릴 때마다 내비게이션에서는 경로를 이탈했다고 알림을 보낸다. 하지만 알게 뭐람? 엄마의 탐험가 기질이 내 몸속에도 흐르는 게 분명하다. 교통사고가 나도, 강풍과 폭우 때문에 길이 무너졌다는 소식에도 일단 올라가고, 한 바퀴라도 돌아보고 내려오는 나와 엄마. 앞으로도 계속 그렇게 살고 싶다. 12시간 만에 집에 들어오면서 오늘 이런 하루가 될지 진짜 몰랐다고 이야기하는 그런 날을 좋아한다. 매번 너무 뻔한 결말보다는 예상치 못한 일들이 재밌으니까.

늘 이렇게 경로를 이탈하고, 즉흥적으로 작은 모험을 하다 보니 예상하지 못했던 일이 많이 생긴다. 그런 일들 속에서도 집에는 와야 하고, 하루는 끝마쳐야 하니 대처 능력이 좋아졌다. 주변의 도움을 받기도 하고, 새로운 방법을 찾아내기도 한다. 경험으로 체화한 삶의 방식이 늘어난다.

이런 모험이 쌓여 나만의 이야기가 만들어진다.

스피노자는 "나는 깊게 파기 위해 넓게 파기 시작했다"는 말을 남겼다. 다양한 세상에 발을 담가보며, 직접 찍어 먹어보면서, 내 인생에 진하게 흔적을 남긴 것들을 추리는 나의 모험 과정도 그와 같다. 아직은 깊게 뿌리내리지 못한다고 하더라도, 이곳저곳 떠돌아다닌다고 해도, 진짜 내 것들을 알기 위해 넓게 발 담가보며 모험하는 시기가 바로 지금이다.

요즘은 살아 있음을 자주 감각한다. 이를테면 살아 있기 때문에 볼 수 있는 아름다운 광경을 눈에 담고, 삶과 죽음을 가까이에서 경험하는 것. 어릴 때부터 같이 놀던 친구가 임신하고 아이를 낳는 걸 옆에서 지켜보고, 사랑을 강렬하게 느끼는 것. 얼마 전에는 '결혼한 지 5년 됐는데, 이 시간이 10번만 지나면 나는 노년이네?'라는 생각이 드니까 생이 엄청난 찰나처럼 느껴졌다. 너무 짧아서 벌써 아쉽다. 이 짧은 생에 행복도 기쁨도 많이 느끼고 싶다.

이어령 선생님은 마지막 인터뷰집《이어령의 마지막 수업》에서 죽음을 어둠이 아니라 '빛'으로, 밤이 아니라 가장 아름답고 찬란한 '대낮'이라고 표현했다. 나에게 있어서도 죽음은 늘 나를 따라다니는 대낮의 햇빛이었다. 아빠는 내가 3살 때 교통사고로 돌아가셨고, 사랑하는 할머니도, 큰이모도 갑작스러운 사고로 돌아가셨다. 사랑하는 사람들의 갑작스러운 죽음을 숱하게 겪어서 그런지 오늘 밤에도 내일도, 다음 주에도 나를 비롯한 누구든 사라질 수 있다는 사실을 늘 생각하고 있다.

죽음을 늘 두려워한다기보다 언제 죽어도 이상할 게 없으니 지금 이 순간을, 찰나 같은 생의 아름다움을 찬란하게 누리자는 생각으로 산다. 사랑을 아끼지 말고 마음껏 표현하고, 더 즐겁고, 더 아름답게 살고 싶다. 내 젊음을 더 힘껏 누려보겠다. 섬진강에서 벚꽃 길을 달리다 자리를 잡고 하루를 지새웠던 아름다운 날은 그 다짐에 꽤 부합하는 날이다.

더 즐겁게 지낼 거라고, 모험가형 주인공이 될 거라고 다짐까지 했으니 얼마나 더 즐거운 일이 넘쳐날까. 일단 기대부터 해본다.

자전거

점심시간 따릉이 여행

자전거 대여 서비스 따릉이는 서울에서 누릴 수 있는 사치 중 하나다. 자전거를 빌릴 수 있는 수백 개의 정류장이 서울 곳곳에 깔려 있고, 가격도 저렴한 편이기 때문이다. 그런데도 나는 지금까지 크게 탈 일이 없어 따릉이를 경험해 보지 못했다. 그래서인지 수십 대의 자전거가 정차되어 있는 회사 근처 따릉이 정류장을 지나갈 때마다 궁금하기도 하고, 왠지 모를 로망도 생겼다.

내가 근무하는 사무실에서 개발팀 사무실까지는 지하철 한 정거장 거리라 미팅을 하러 갈 때면 늘 걸어 다녔는데, 마침 두 건물 앞에 모두 따릉이 정류장이 있어서 따릉이를 타고 다니면 딱 맞을 것 같았다. 미팅하러 갈 때 노트를 챙겨 따릉이를 타고 가는 로망, 점심시간마다 따릉이를 타고 양재천 주변을 탐험하는 로망을 하나씩 이뤄갔다. 아, 물론 효율은 높지 않다. 따릉이를 빌리고, 반납하고, 사람들을 피해서 가다 보면 걸어서 가는 동료들이 더 먼저 도착하기도 하니까. 아무렴 어떠랴, 삭막한 이곳에서 따릉이는 내 하루를 청춘 영화로 만들어주는 소중한 존재다.

점심시간 1시간 30분 동안의 따릉이 여행은 우리의 세계를 더 넓혀주었다. 한 번에 최대 2시간으로 6개월 동안 탈 수 있는 정기권이 2만 원밖에 하지 않는다. 술을 먹고 택시만 타도 몇만 원이 훌쩍 넘는데, 6개월 동안 즐길 수 있는 2만 원짜리 낭만이라니. 이거 하나면 매일매일 낭만을 차고 넘치게 즐길 수 있었다. 아껴둘 필요도 없고, 아쉬워할 필요도 없다. 언제든 손에 닿는 곳에 있으니까.

점심시간 따릉이 탐험을 계획한 어느 날이었다. 우리는 12시가 되자마자 후문으로 뛰쳐나와 따릉이를 빌렸다. 밥을 먹으러 가는 사람들을 지나쳐 양재천 쪽으로 빠져나왔다. 메타세쿼이아 길에서 자전거를 타고 초록 세상 아래 콧

구멍을 킁킁대며, 나뭇잎 사이의 햇빛을 놓칠세라 힘껏 달렸다. 오늘의 목적지는 초밥 가게. 그곳에서 점심을 먹고, 커피 한 잔을 사서 다시 사무실로 돌아왔다. 1시 25분 따릉이 반납 완료. 1시 30분 회사 출입문 통과 완료. 제한 시간 안에 우리의 점심시간 따릉이 탐험 미션 성공.

사무실 내 자리 앞에는 큰 창이 하나 있다. 평소에 창밖을 내다보며 구름이 둥둥 떠다니다가 아파트 끝에 걸리는 풍경이나, 회사 앞의 고등학생들이 점심시간에 뛰어노는 모습을 구경하곤 했다. 그런데 그날만큼은 맑게 갠 푸른 하늘이 눈앞에 아른거려 도저히 자리에 앉아있을 수가 없었다. 구름이 자꾸 "안 나오고 뭐 해, 바보야"라며 놀리듯이 흘러가는데 이대로 의자에 궁둥이를 붙이고, 눈으로만 힐끔대면서 아쉬워하면 유죄인 것 같았다.

그대로 자리를 박차고 나와 따릉이 정류장으로 갔다. 목적지는 딱히 없었다. 일단 양재천 길로 내려가 잠실 타워를 향해 무작정 달렸다. 평소에 산책하던 방향의 반대 방향이었다. 새로운 길이 궁금했다. 저쪽에 가면 뭐가 있을까. 당연히 별것이 없을 줄 알면서도 궁금했다. 내가 가보지 못

한 길. 세상 모든 길을 내 발로 걸어보고, 내 눈으로 봐야 직성이 풀리는 성격이다.

처음 가보는 길로 달려가는데, 그 순간이 마치 청춘 영화의 한 장면 같았다. 느티나무 아래 뜨거운 햇볕이 쏟아지고, 그 햇살을 누리며 자전거를 타고 달리는 내 모습. 이 순간을 놓치고 싶지 않아서 한 손으로 사진을 찍으려고 애쓰다가 계속 기우뚱거리며 달렸다. 작은 따릉이 안장에 엉덩이가 아파질 때쯤 의자에 앉아 잠시 쉬었다. 하늘을 구경하기만 하던 직장인에서, 그 하늘을 마음껏 누리며 달리는 청춘 영화의 주인공이 되었다. 우물쭈물하지 않고, 밖으로 나온 덕분이다.

한 번은 회사에서 '박황성공'이라고 불리는 친한 동료들과 따릉이 탐험을 나섰다(박황성공은 4명의 성을 따서 지은 이름이다). 일찍 퇴근해서 자전거를 타고 잠실에 있는 와인바를 가는 게 그날의 미션이었다. 지하철로 세 정거장이지만 우리는 따릉이를 타고 갔다. 한창 달리고 있는데 하늘에서 비가 쏟아졌다. 하늘이 계속 비를 머금고 있다가, 우리가 가장 신나는 지점에서 비를 터뜨린 것만 같았다. "어떻게 하지? 여기서 자전거를 두고 갈 수도 있고, 그냥 계속 갈 수도 있어"라는 말에 다 같이 "달려! 가자!"를 외치곤 비 사이로 달려갔다. 따릉이 하나에도 추억이 방울 방울이다.

겨울에는 재택근무 기간이 길어지고, 너무 추워서 따릉이를 타지 못했다. 이때는 어쩐지 무기력했던 것 같다. '따릉이 블루'라고 할까. 따릉이를 타고, 날씨를 만끽하지 못해서 생기는 약간의 우울함, 청춘 영화의 주연 자리를 뺏긴 직장인의 우울함, 점심시간의 낙을 빼앗긴 자들의 블루였다.

날이 따뜻해지면 따릉이 정기권을 끊어야겠다. 따릉이의 계절이 온다.

바다

퇴근길 강릉으로 달려가는 마음

퇴근하고 엄마와 저녁 약속이 있던 날이었다. 일찍 끝날 줄 알았던 일은 생각보다 늦어졌고, 잘 풀리지 않는 일 때문에 답답한 마음을 안고 퇴근했다. 회사 앞으로 찾아온 엄마를 만나 밥을 먹으러 가는데, 교통 체증이 너무 심했다. 가뜩이나 머리도 지끈거리는데 가다 서다 하는 차 안에 있으니 멀미까지 났다.

창밖을 멍하게 쳐다보다가 "바다 보고 싶다"고 흘리듯이 말했다. 시계는 7시 30분을 가리키고 있었고, 나는 다음 날에도 출근을 해야 했다. 엄마는 내 말에 "가지, 뭐" 하고 차를 쉽게도 돌렸다. 그렇게 퇴근길에 들른 속초 해수욕장에서는 마침 불꽃놀이를 하고 있었다. 안개가 자욱한 해변에 앉아서 겨우 맥주 한 캔 하고 서울로 바로 돌아왔지만, 그 찰나의 행복과 자유로움을 잊을 수 없다.

그때였던 것 같다. '가고 싶으면 가면 되지 뭐가 걱정이지?'라는 생각이 들었던 건. 우리는 너무 쉽게 핑계를 댄다. 내일 출근해야 하니까, 차가 너무 막히니까. 잠깐 보고 올 거 뭐 하러 가. 하고 싶은 마음, 보고 싶은 마음은 그런 핑계 뒤에 숨는다. 겨우 2시간이다. 그동안 집에 가려고 퇴근길에 1시간 30분씩 도로에 머물러 있는 건 당연하게 여겼으면서, 나의 작은 행복을 위해 2시간을 달려 바다로 가는 일에 너무 야박하다는 생각이 들었다. 그래서 다짐했다. 언제든 떠날 수 있는 자유가 내게 있음을 기억하자고. 대책 없는 자유가 아니라, 핑계 대지 않는 여유로운 마음을 가지고.

그날 이후로 우리는 자주 퇴근길에 바다로 향했다. 계획은 당연히 없고, 숙소도 없다. 엄마나 내가 지친 날이면 "바다 갈까?"라는 가벼운 물음과 함께 바로 출발했다. 다음 날 출근해야 하면 아쉬운 마음을 뒤로하고 새벽녘에 서울로 돌아오지만, 금요일에 떠난 날이면 하염없이 바다 앞에 앉아 있다가 근처에 아무 숙소나 잡고, 편의점에서 치약 세트만 사서 자고 오기도 했다. 챙겨간 옷도 없으면서 다음 날 바다에 풍덩 빠져 아무렇게나 놀다 돌아왔다. 나와 가장 마음이 잘 맞는 낭만 친구는 엄마였다. 엄마와 함께면 핑계도 없고, 못 갈 이유는 더더욱 없다.

늘 나를 바다로 데려가는 건 엄마였지만, 내가 낭만 대장이 되어 우울해하는 엄마를 바다로 데려간 날도 있었다. 엄마는 발가락 골절로 몇 달간 백패킹을 못 가 답답해하고 있었다. 그날은 엄마가 아니라 내가 먼저 "바다 갈래?" 하고 물었다. 그리고 직접 운전해서 양양 서피비치로 달려갔다. 엄마는 잠깐이었지만 정말 행복했다고, 이제야 숨이 쉬어지는 것 같다고 했다. 신나는 노래가 흘러나오는 서피비치에 걸터앉아 나는 커피를, 엄마는 맥주를 한잔했다. 가끔 숨 막히는 일상에서 이렇게 틈을 마련해줄 필요가 있다. 주저하지 않고, 풍덩 빠지는 마음이 필요할 때가.

가장 기억에 남는 '퇴근길 바다 여행'은 지난여름 혼자 떠난 강릉 바다 여행이다. 여름이면 바다 수영과 스노클링을 꼭 해야 하는데, 그때는 몇 주 동안 이사 준비와 회사 일

로 바빠 쉬이 떠나지 못하고 있었다. 가만히 앉아 있으면 답답한 마음에 눈물이 나기도 했다. 트렁크에 비치타월과 새로 산 연두색 수영복을 넣어두고, 퇴근 후 강릉 바다로 달려가는 순간을 꿈꾸었다. 그리고 드디어 그 꿈을 실현하는 날이 왔다.

평소보다는 계획적인 바다행이었다. 하루 전날 '위크엔더스'라는 숙소를 예약해두었다. 언젠가 혼자 강릉으로 여행을 떠나 위크엔더스에서 숙박하며 겪은 일과 느낀 감정들을 기록한 짧은 에세이집을 본 적이 있다. 그 책을 읽으면서 나중에 강릉에 가게 되면 꼭 이 숙소에 묵으며, 1층에 있는 작은 바인 브로큰하츠클럽에서 하이볼을 마시고, 늦은 시간까지 책을 보고 싶다고 생각했다. '주말 여행자'를 위한 공간 위크엔더스는 강릉을 사랑해서 주말마다 서핑을 하러 가다가 아예 강릉에 정착한 한귀리 대표가 여인숙을 개조한 후 강릉의 책방 '한낮의 바다', 수제 맥주 양조장 '버드나무 브루어리' 등 로컬 브랜드를 결합해 만든 공간이다. 내가 좋아하는 강릉의 책방과 브루어리를 결합한 공간이라니, 설레서 미칠 것 같았다.

금요일 오후, 일찍 퇴근하고 동해로 가는 고속도로로

향했다. 오랜만에 혼자 하는 여행이라 그런지 조금 설레기도, 떨리기도 했다. 고속도로를 한참 달리다 보니 사이드미러로 엄청난 일몰이 보였다. 동쪽으로 달리는 길이어서 해는 뒤쪽으로 뉘엿뉘엿 지고 있었다. 그냥 지나갈 수 없어 평창 휴게소에 들러 간식을 먹으며, 노을을 한참 바라봤다. 다시 강릉으로 달려가다 보니 어느새 날은 어둑어둑해졌다. 밤바다를 보고 싶었지만 배가 고파 우선 숙소로 갔다. 흰 건물에 'weekenders'라고 적힌 파란 천이 달려 있었다. 안으로 들어가 체크인 장소를 물어보니 "앉아서 웰컴 드링크 드시고 계시면 안내해드릴게요"라는 답변이 돌아왔다. '아, 정말 여행을 왔구나'라고 실감하는 순간이었다. 2층 숙소로 올라가 짐을 내려놓았다. 상상으로만 했던 일을 실제 행동에 옮긴 그 순간의 행복감이 잊히지 않는다.

위크엔더스 1층의 브로큰하츠클럽으로 돌아와 하이볼과 카레를 시켰다. 보내야 하는 원고가 있어서 글을 쓰고, 그동안 바빠서 읽지 못했던 책을 읽었다. 늘 에세이나 트렌드 서적을 읽었는데, 오늘은 소설이 읽고 싶어서《미드나잇 라이브러리》를 들고와 읽었다. 밥을 먹고 난 후 좋아하는 잠옷으로 갈아입고 편의점에 맥주를 사러 가는데, 자주 와

서 익숙했던 강릉이 아니라 낯선 여행지 같은 느낌이 났다.

다음 날에는 친구가 강릉으로 훌쩍 떠나왔다. 우리는 이름이 예뻐서 들른 순긋해변에서 청량하게 맑은 바닷속을 누비고, 장칼국수를 먹고, 또 바다를 누비고, 뜨거운 태양 아래 마냥 웃었다. 엄마에게 사진을 보내주니 '우리 딸 멋있다. 나도 조만간 혼자 위크엔더스에 여행 갈래'라고 답장이 왔다. 엄마도 내가 누린 행복을 그대로 누렸으면 좋겠다고 생각했다.

핑계 대지 않고 출발하는 사람에게 주어지는 행복, 나는 이런 걸 좋아하는 사람이었다. 언제나 트렁크에 수영복 하나 싣고 다니면서 좋아하는 곳으로 훌쩍 떠날 수 있는 자유를 꿈꾼다. 핑계 대지 않을 용기, 모든 과정에서 행복을 즐기는 마음, 누군가에게 그 행복을 함께하자고 권하는 마음을 품에 안고.

마음의 장벽이 허물어진 뒤에는 언제든지 바다를 상상할 수 있게 되었다. 겨울 바다의 시원하리만큼 거센 파도가, 오후 5시쯤 핑크빛이 내려앉은 해변이, 투명함이 그대로 비치는 파도가 구체적으로 그리워졌고, 그 마음이 들 때면 언제고 바다로 달려갔다.

중요한 건 마음이다. 어려운 일이 아니라, 원하면 언제든 할 수 있다는 마음가짐. 가고 싶다는 생각만 하는 게 아니라, 실제로 출발할 마음. 가장 큰 적은 피곤함과 무던해지는 감정이다. 귀찮고 피곤하다는 생각이 들기 시작하면 좋아하는 걸 하러 떠날 마음이 사라진다. '굳이 1시간 보러 5시간 운전한다고?' 효율성을 따지면 완벽한 계획을 세울 때까지 갈 수 없다. 그러다 보면 좋아하는 마음은 조금씩 사그라든다.

그 장소에 있으면 내가 행복해질 거라는 확신이 있으면, 달려갈 수 있다. 그게 단지 1시간이더라도, 새벽에 다음 날 출근을 위해 돌아오더라도. 웃으면서 돌아오는 내 모습을 상상하면서 말이다.

바다에 풍덩 빠지듯이, 좋아하는 걸 찾아 나설 땐 주저하지 않고 일단 풍덩 빠져보는 마음이 필요하다. 머뭇거리지 말고, 좋아하는 것을 보러 가자. 풍덩 빠지자. 탐험을 해보자. 푸웅덩!

- 나만의 호비 노트 만들기 -

내가 어떤 사람인지 알고 싶다면, 이 질문에 직접 답을 적어보세요. 답을 떠올리는 동안 자연스레 내 취미와 취향에 대해 더 깊이 알게 될 거예요.

1. 지금까지의 여행 중에 가장 좋았던 곳은?

2. 여행지에서 어떤 하루를 보내고 싶은지?

3. 언젠가 가보고 싶은 곳은?

- 작가의 호비 노트 엿보기 -

1. 지금까지의 여행 중에 가장 좋았던 곳은?

모든 여행지가 저마다의 매력이 있어서 좋았다. 19살 때 친구들과 떠났던 한 달짜리 동남아 배낭여행, 혼자 떠난 이탈리아 여행, 그리고 스페인 산티아고 순례길. 모두 엄청나게 고생했던 여행이지만, 혼자만의 시간을 가지면서, 생각을 더 명확히 정리할 수 있어서 좋았다.

2. 여행지에서 어떤 하루를 보내고 싶은지?

우선 일찍 일어나서 아침을 누리고 싶다. 일어나자마자 산책을 나가 동네 카페에서 라떼를 한 잔 마시고, 발걸음이 내키는 곳으로 갈 것이다. 그리고 우연히 그곳에서 친구를 사귀어 그 친구가 초대하는 전시와 공연을 가거나, 그 친구의 추천을 받아 그날 열리는 축제에 우연히 참여하는 것도 좋다. 계획을 잘 하지 않고 여백을 남겨두는 편인데, 그 여백에 우연한 행복이 찾아오길 늘 기대하고 있다.

3. 언젠가 가보고 싶은 곳은?

미국 네바다주 사막에서 열리는 축제 '버닝맨'에 가보고 싶다. 단 일주일 동안만 생겼다가 사라지는 '블랙록 시티'에 다양한 예술가와 기업인들이 모여, 자신을 표현할 수 있는 예술 작품을 만들고, 공연을 하는 행사다. 그 사회에 나도 속해 보고 싶다. 자유로운 마음이 일렁대는 그곳에.

볼리비아의 우유니 사막도 가보고 싶다. 중학생 때부터 가보고 싶었던 곳이니, 더 이상 미루지 않고 가봐야'만' 한다. 그 외에도 쿠바, 몰타, 시칠리아, 스페인 마요르카, 네팔…… 많고도 많다(제발, 시간아 멈춰줘).

5장

좋아하는 일,
나다운 일이 모이면

◦ HOBBY CLUB ◦

•

◦

수개월 간 매일 달리기를 하고 책을 읽었다던 친구가 있었다. 대단하다고 감탄하자 친구가 말했다. “그거 알아? 나 책 읽고, 달리기 시작한 거 네 덕분이잖아.”
좋아하는 것이 생기면 언제나 주변에 알리고 싶다. 귀여운 것들을 보면 같이 감탄하고 싶고, 감흥을 함께 느끼고 싶다. 같이 떠들썩하게 놀라고, 좋아하고 싶다. 그 마음은 내 주변을 자연스럽게 물들이고 있었다. 좋아하는 마음으로 파도를 만들어 함께 넘실넘실 떠다닌다. 좋아하는 마음은 재미있는 일로 이어지고, 모일수록 커진다.

테니스

테니스가 좋아서 브랜드를 만들다니

어느 날 갑자기 테니스가 치고 싶었다. 우연히 보게 된 테니스복이 예뻐 보여서 그랬는지도 모르겠다. 어찌 됐든 테니스를 치기로 결심했는데, 혼자 새로운 스포츠를 시작하려 하니 쉽지 않았다. 모두가 익숙하게 행동하는, 나에게만 낯선 곳에서 씩씩하게 기본부터 배워야 하니까. 결국 친구 소연과 같이 테니스를 배우기로 했다. 테니스장을 처음 방문한 날, 고작 라켓을 휘두르는 방법을 배워놓곤 힘들어서 앉아 있는데, 테니스를 꽤 오래 친 것 같은 아주머니 한 분이 이 말을 남기고 유유히 지나갔다.

"길게 보세요. 테니스는."

처음에는 로봇처럼 공을 튕겨내기 바빴지만, 봄, 여름, 가을, 겨울을 지나면서 점차 나아졌다. 이제는 공을 주고받을 수 있을 정도는 되어서, 가끔 친구들과 게임을 하기도 한다. 테니스장은 양재천 바로 옆에 있는 곳이었다. 여기서 테니스를 시작하게 된 건 정말 큰 행운이었다. 봄이면 벚꽃 밑에서, 여름이면 말간 보름달 아래에서, 가을이면 낙엽 아래에서, 겨울엔 첫눈을 맞으며 그렇게 낭만적으로 테니스를 배웠다.

봄부터 가을까지는 야외 테니스장에서 칠 수 있지만, 겨울에는 정말 혹독하다. 코트로 나가는 것부터가 훈련이다. 분명 잔뜩 껴입고 시작했는데, 하다 보면 몸이 둔하고 거추장스러워서 결국 옷을 한 꺼풀씩 벗게 된다. 20분 동안 레슨을 받고 나면 손발이 꽁꽁 얼어 '악!' 소리가 날 정도다. 그래도 클럽하우스로 바로 들어갈 수 없다. 내가 날린 공을 다 주워 카트에 담아야 끝이 난다. 그럴 때마다 나는 왜 이렇게 많은 공을 바닥에 흘린 걸까, 하나의 공으로 여러 번 칠 수는 없는 걸까 생각한다. 한 카트를 가득 담고서야 실내로 들어가 따뜻한 커피를 마신다. 그래도 계속 치게 되는 건, 잊지 못할 순간들이 자꾸 생기기 때문일지도 모른

한 국

다. 테니스장에서 첫눈을 맞이하던 그날이 그런 순간이었다. 첫눈에 유난인 나에게는 더욱 소중한 날이었다. 눈발이 천천히 내리던 그 장면은 오랫동안 기억 속에 남아 있었다.

퇴근 후엔 부지런히 테니스장으로 달려가, 땀을 뻘뻘 흘리면서 테니스를 쳤다. 광고 회사에 다니던 소연과 나는 항상 퇴근이 늦은 편이었다. 그러다 보니 진이 빠지고, 지친 상태로 테니스장에 도착할 때가 많았다. 그런데 라켓을 들고 테니스를 시작하면 그 어느 때보다 생기가 돌고, 환해졌다. 뭐가 그렇게 즐거웠는지 웃음이 끊이지 않았다.

유난히 힘들었던 날이면 테니스를 칠 때도 그게 티가 났다. 끊임없이 발을 구르며 유연하게 공을 쳐야 하는데, 라켓을 들 힘도 없는 그런 날은 공도 가야 할 곳으로 가지 못하고 이리저리 어긋났다. 코치님은 항상 이렇게 말했다. "힘 빼고! 공에 들이대지 말고! 발 굴러!" 테니스에 대한 이야기였지만, 왠지 어깨에 힘 잔뜩 주고, 긴장하며 살아가는 나에게 하는 이야기처럼 들렸다. 쓸데없는 긴장과 힘을 빼고, 공과의 적당한 간격을 유지하면서 찬스볼이 오는 순간 민첩하게 힘을 써야 한다. 공보다 몸이 먼저 나가거나, 공에 막 달려들면 스위트 스폿sweet spot에 맞출 수 없다. 힘을 들이지 않고도 공을 멀리, 빠르게 날아가게 할 수 있는 최적 지점 말이다.

테니스 레슨이 끝나고 집으로 출발하면 딱 10시다. 운전석 창문을 열고, 라디오 주파수를 93.1로 맞추면 라디오 '푸른밤, 옥상달빛입니다'의 오프닝이 들린다. 땀을 잔뜩 흘린 뒤에 시원한 바람을 맞으며, 좋아하는 라디오 프로그램에서 흘러나오는 다정한 사연에 귀를 기울이면 그렇게 행복할 수가 없다.

테니스를 치는 시간도 물론 좋지만, 테니스의 모든 게 좋다. 테니스 정신도, 패션도, 전통도, 규칙도. 테니스 게임을 할 때는 서로의 스코어를 큰 소리로 외쳐야 하는데, 0점일 경우 'love(러브)'라고 외친다. 무려 사랑이다. 너무 귀여운 룰을 알아버렸다. 0점을 사랑이라고 외치는 스포츠 게임이 어디 있을까. 무력하고, 절망적이며, 슬픈 스코어를 지나는 순간, 사랑을 외친다. 얼마나 다정하고, 희망적인가. 서브를 넣은 상대방이 게임을 이기기 직전 스코어인 '40 대 0'의 상황에서는 'forty love(포티 러브)'를 외친다. 게임하는 중에 포티 러브를 외치면 그 말이 꼭 'fall in love(폴인 러브)'로 들려서 '풉' 하고 한 번씩 웃게 된다. 실점 직전의 상황인데도 웃음이 난다. 위기의 순간에 외치는 폴 인 러브, 위기의 순간에 외치는 사랑.

테니스의 귀여움을 널리 알리고 싶어서, 테니스를 칠 때의 마음가짐을 일상에서도 누리고 싶어서 소연과 작은 브랜드까지 만들어버렸다. 브랜드 이름은 '테니스테니스 클럽tennis tennis club'. '일상도 테니스 치듯이'라는 슬로건 아래, 우리가 테니스를 치면서 느꼈던 즐거움, 깨달음, 일상의 태도, 귀여운 규칙들을 전달했다. 이 브랜드를 통해 말하고 싶었던 건 '여유와 도전의 균형'이다. 찬스볼을 치기 위해 끊임없이 발을 구르면서도, 힘을 빼고 여유롭게 공을 대하는 테니스의 기본 자세는 삶을 대하는 태도와도 닮았다.

첫 번째 시즌의 메시지는 'zero is love'다. 0점의 순간에 사랑을 외친다는 메시지를 담아, 스웨트셔츠와 라이터 제품을 선보였다. 0점의 순간, 아무것도 없는 그 순간을 사랑으로 응원할 테니 뭐든지 시작해보라는 응원을 담았다. 이 옷을 입으면 도전할 용기가 생기기를, 이 라이터가 그 마음에 불을 지펴줄 수 있기를 바라며.

두 번째 시즌의 메시지는 'after forty'. 한 게임, 한 세트가 끝날 때마다 짧은 휴식을 취하고 다시 새롭게 시작하는데, 그 휴식의 순간을 나누고 싶어서 비치타월을 만들었다. 꼭 바다나 수영장이 아니더라도, 공원이나 집, 어느 곳에서든 작은 쉼을 누리길 바라는 마음을 담았다.

사실 간단한 말로 멋들어지게 소개했지만, 제품을 만들기까지 엄청난 우여곡절이 있었다. 조금이라도 더 질 좋은 옷을 만들려고 직접 원단부터 하나하나 골라서 제작했다. 먼저 브랜드를 시작한 친구의 도움을 받아 대충 어떻게 해야 하는지 듣고, 무작정 시장으로 출발했다. "원단 시장에서 원단 찾고, 공장에 맡기고, 날염하고, 샘플 나오면 보면 돼!"라는 친구의 말처럼 일 처리도 간단할 줄 알았다. 그런데 현실은 그렇지 않았다.

우선 원단 시장이 그렇게 큰 줄 몰랐다. 그 큰 시장에서 '쭈리'라고 불리는 스웨트셔츠 원단을 찾는 것부터가 난관이었다. 찾고 나서도 이 원단 샘플을 돈 주고 사는 건지, 어떻게 보여달라고 하는 건지 몰라서 우물쭈물했다. 우습게 보이지 않으려고 들고 간 큰 배낭만 계속 고쳐 맸다(누군가 도매상처럼 보이려면 큰 배낭을 메고 가라고 했다). 괜히 원단 샘플을 만지작거리다가 용기를 내서 몇 가지 질문을 한 뒤에야 캐리어 가득 원단 샘플을 챙길 수 있었다.

근처 카페로 가서 원단을 하나하나 만져가며 고르는 건 꽤 즐거운 일이었다. 우리는 조금 전의 막막함은 잊고, 금세 신이 났다. 아, 물론 원단만 찾으면 끝나는 건 아니고, 프린트를 해줄 날염 집을 찾고, 목 부분에 네임 태그를 붙일 또 다른 가게를 찾아야 했다. 옷 하나에 챙겨야 하는 게 이렇게 많다니. 모든 작업을 거쳐 샘플이 나왔을 때는 정말 눈물이 날 뻔했다.

샘플 옷을 챙겨서 촬영하는 과정도 고단했다. '브이커머스스튜디오'라고 서울시에서 무료로 장비와 스튜디오를 빌려주는 서비스가 있어서 이를 이용했다. 조명과 장비를 다루는 방법을 빠르게 배우고, 몇 시간 내내 촬영을 했다. 유난히 추웠던 날, 밤 늦게까지 촬영하고, 고단한 몸을 이끌고 집에 갔다. 그렇게 찍은 사진을 직접 만든 사이트에 올렸다. 하나부터 열까지 손이 안 간 구석이 없다. 어떤 이야기를 할지, 그것을 어떤 제품으로, 어떤 방식으로 보여줄지 고민했던 그 모든 과정에서 '테테클(테니스테니스클럽)'답고 싶었다. 그 말은 우리답다는 말이나 다름없었다.

우리 브랜드가 어마어마한 성공을 거둔 건 아니다. 하

지만 누군가가 이 브랜드를 통해 테니스에 관심을 갖게 되고, 또 테니스를 좋아하던 사람이 함께 웃을 수 있다면 그것으로 만족했다. 그 과정 자체가 우리에게는 또 다른 즐거움이었다. 느리더라도 멈추지 않고 이 마음을 전달하고 싶다. 더 많은 사람들이 좋아할 수 있게, 내 마음을 울렸던 메시지들이 더 많은 사람들에게 가 닿도록. 테니스를 통해 배운 삶의 태도를 일상에 녹여내고 싶은 마음뿐이다.

테니스를 처음 친 날 들었던 '길게 보라'는 조언처럼, 조급해하지 않고 좋아하는 이 마음을 간직하며 평생 즐겁게 쳐야지. 성취가 아닌 즐거움의 영역으로 두고, 꾸준히 좋아해야지.

가끔은 주변에서 친구들이 물어본다. 테니스 어떠냐고, 한번 해보고 싶다고, 언제쯤이면 기초 수준으로 할 수 있냐고. 그러면 나는 아직도 3년째지만 기초가 부족하다고 답한다. 정말 얼마나 연습하고, 얼마나 시간과 노력을 투자하는지에 따라 실력이 금방 차이 난다. 나는 천천히 즐기면서 하는 성격이라고 이야기하니 친구가 감탄한다. 혹시나 내가 멋진 테니스 플레이어라고 오해할까 봐, 그 말인즉슨 잘 못 친다는 말이고, 몇 년 해도 안 늘었다는 말, 그러니까 연습 열심히 안 한다는 말이라고 급하게 덧붙였다.

그러자 친구가 한마디 더 덧붙였다. 그 말은 지혜 속도대로 잘하고 있다는 거고, 조금 더 시간이 걸릴 거지만 경계만 넘으면 쑥쑥 클 거라는 말이라고.

그래, 뭐든 즐기면서 천천히 내 속도대로, 길게 봐야지.

취미 수집

밀도 있는 일상을 위해

김신회 작가가 여름이 좋은 이유를 잔뜩 늘어놓은 책《아무튼, 여름》에는 이런 말이 나온다.

> "좋아하는 게 하나 생기면 세계는 그 하나보다 더 넓어진다. 그저 덜 휘청거리며 살면 다행이라고 위로하면서 지내다 불현듯 어떤 것에 마음이 가면, 그때부터 일상에 밀도가 생긴다."
>
> - 김신회, 《아무튼, 여름》 중에서, 제철소, 2020.

무언가를 좋아하면 일상에 밀도가 생긴다. 좋아하는 게 많으면, 일상을 더 촘촘하게 즐길 수 있기 때문이다. 그냥 지나갈 법한 일들도 더 촘촘하게 기뻐하고, 즐기고, 기억한다. 다른 이들이 쉽게 지나치는 것에도 한 번 더 눈길이 가고, 발길이 닿는다.

일상에 밀도를 만들려면 이미 좋아하는 것을 즐기는 것도 좋지만, 적극적으로 주변의 취미를 수집하러 나서는 방법도 있다.

회사 동료 중 취미로 뜨개질을 하는 친구가 있다. 그 친구와 동료 몇 명이서 한 달에 한 번 사내 모임을 하는데, 그때마다 공방에 가거나, 맛집을 가거나, 전시회를 가는 등 매달 새로운 계획을 짜고 모임을 이어나갔다. 우리는 그날도 점심을 먹고 들어가는 길에 이번 달에 무슨 활동을 할지 고민하고 있었다. 살랑이는 초록 나무 아래에 뜨거운 햇볕을 쬐면서, 누군가 '계곡 가고 싶다'는 말을 꺼냈다. 말을 꺼내기 무섭게 '가자'는 쪽으로 대화의 흐름이 바뀌었다. 그렇게 금요일 오후 우리는 청계산 계곡으로 향했다. 그때도 그 친구는 계곡에 걸터앉아 뜨개질을 했다. 그러곤 여름 내내 직접 만든 니트 가방을 들고 다녔다. 그게 참 좋아 보였다. 자기 물건을 직접 만들어 들고 다니는 모습이. 그래서 나도 배워보고 싶다는 생각이 들었다.

요즘 같은 세상에 유튜브에 '~하는 법'을 검색해보면 바로 정보를 찾을 수 있다지만, 그걸 취미로 즐기고 있는 사람에게 직접 배우면서 얻는 에너지는 또 달랐다. 친구에게 점심시간에 '런치 니팅 클럽Lunch Knitting Club(점심 뜨개질 모임)'을 열어줄 수 있냐고 물어봤다. 샐러드나 도시락을 먹으면서 같이 뜨개질하자고.

점심시간에 동료들과 근황을 이야기하며 깔깔 떠드는 것도 좋지만, 때로는 다른 방향으로도 시간을 쓰고 싶었다. 저녁이 되면 피곤해서 까무룩 잠이 들고, 아침잠이 많아 아침 시간을 잘 즐기지 못하는 터라 점심은 내 하루 중 매우 중요한 시간이었다. 밥도 안 먹고 생산성을 탐하거나 무리하겠다는 건 아니고, 그 시간을 제대로 활용하고 싶었다.

친구는 우리에게 뜨개질을 알려주겠다고, 이마에 땀을 송골송골 흘리면서 이미 손에 익어 익숙해진 뜨개질을 처음부터 차근차근 꿰어 보여주었다. 점심시간은 금세 훌쩍 지났고, 우리에게 남은 건 엄지손톱만 한 작은 결과물이었다. 코스터를 하나 뜨는 데 얼마나 걸릴지도 모르고, 내가 언제까지 뜨개질을 하게 될지도 모르지만, 정말 좋았다. 하고 싶었던 일을 하며 시간을 보냈으니까.

다른 사람의 취미를 수집하는 것도 취미라면 취미일까. 내 일상에 밀도를 높여준 또 다른 취미 수집 일화가 있다. 몇 년 전 '크리에이터 클럽'이라는 소셜 모임 플랫폼에서 참여자로도, 리더로도 꽤 오래 참여하며 다양한 사람들을 만났다. 내가 처음 리더를 했던 글쓰기 모임에서 만난 두 사람이 결혼을 하게 되었다. 운명이 있다면 이런 게 아닐까 싶은 그들의 결혼식 날, 모임을 했던 친구들이 모두 모였다. 오랜만에 그들을 만나니 주식이나 연봉에 관한 얘기가 아니라 '나'에 대한 이야기, '서로'에 대한 이야기를 할 수 있어 좋았다.

결혼식이 끝나고 시간이 맞는 두 친구와 함께 커피를 마시러 갔다. 서양화를 전공하고, 취미로 작은 브랜드를 만들고, 그림을 가르치고 있다던 친구의 이야기가 너무 흥미로웠다. 최근에는 디지털 드로잉을 가르친다는 그 친구의 말에 나도 그림을 배우고 싶어졌다. 자기 생각을 직접 그림으로 그려내고, 사람들의 공감을 받고, 그것을 다시 제품으로 풀어내는 게 너무 멋져 보였다. 그래서 또다시 요청했다. 나의 선생님이 되어달라고. 그렇게 그 자리에 있던 우리 셋은 바로 다음 주에 아이패드를 가지고 모이기로 했다. 캘린더에 뭐라고 저장할까 하다가 '수민 페인팅 클럽 Soomin's Painting Club'이라고 적어두었다.

일주일이 흐른 뒤 우리는 강남의 한 카페에서 다시 만났다. 근황을 얘기하기도 전에 아이패드를 꺼내 기본적인 사용법을 익혔다. 좋아하는 하늘 사진을 따라 그리는 것부터 시작했다. 친구는 수채화처럼 그리는 방법을 가르쳐주면서 너무 규칙적으로 할 필요도, 사진을 그대로 그려낼 필요도 없다고 했다. 수채화는 우연성의 미술이라고, 손이 가는 대로 그리다 보면 우연히 아름다운 장면이 탄생한다고. 2시간 넘게 그림을 그리고 난 후, 배고프다고 떡볶이를 먹으러 갔다. 때는 금요일 밤 10시 30분. 우리 너무 건전한 클럽 아니냐며 웃었다. 술 한잔 걸친 사람들, 데이트하는 사람들이 가득한 논현역 뒷골목에서 조용히 그림을 그리고, 떡볶이를 잔뜩 먹고 헤어지는 우리가 귀여웠다.

그날 밤 지리산 종주를 하고 돌아온 엄마에게 사진 하나를 보내달라고 했다. 그리고 그 사진을 그대로 그림으로 그려 보내줬더니 엄마는 바로 프로필 사진을 바꿨다. 아직 손에 익지 않아 숭덩숭덩 구멍이 뚫린 그림인데도 좋아하는 엄마를 보며 뿌듯했다. “난 그림은 절대 못 그려, 재능이 없어”라며 시도하기 거부했던 마음의 벽에 작은 구멍이 뚫린 날이다. 사실 그날 카페로 향하면서도 ‘자유롭게 그려보라고 하면 뭘 그리지? 아무것도 못 그리고 집으로 가는 거 아닌가’ 하는 불안감과 막막함이 있었다. 그런데 막상 해보니 손이 잘 움직였고, 그리고 싶은 게 점점 더 많아졌다.

주변 사람들이 나에게 취미를 많이 팔아주었으면 좋겠다. ‘이나피스퀘어’라는 브랜드를 운영하는 일러스트 작가의 인스타그램에는 종종 작가가 취미로 만든 귀여운 니트 소품 사진이 올라온다. 나도 갖고 싶은 마음에 소품을 판매하지는 않는지 이리저리 기웃거린 적이 있다. 나처럼 귀여운 뜨개 버섯을 사고 싶어 하는 사람들이 많았는지, 얼마 전 이런 글이 올라왔다.

> 뜨개 버섯을 팔지 않느냐고 물으실 때마다 뜨개는 취미일 뿐이라서 팔지 않는다는 대답을 했었는데, 대신 취미를 팔기로 했습니다. 여러분, 같이 버섯을 떠봐요. 직접 버섯을

키우세요. 버섯은 이제 당신의 것.

취미를 판다는 말이 참 좋았다. 취미로 만든 물건이나 결과가 아니라 취미를 같이 하자는 그 말이. 취미의 결과를 팔기 시작하면 더 이상 순수하게 즐기기 어려울 것이다. 취미는 취미로 남겨두고, 함께하자는 말, 취미를 판다는 그 말이 너무 좋아서 더 많은 사람이 나에게 취미를 팔았으면 좋겠다고 생각했다. 그러면 일상이 느슨해질 때마다 사람들의 취미를 기웃거리면서 밀도를 채울 수 있을 테니까.

일상에서의 밀도와 균형감은 중요하다. 에티오피아 커피 생두와 베트남 커피 생두를 저울에 달면 에티오피아 생두 무게가 훨씬 무겁다고 한다. 에티오피아 생두는 잘 익어 달콤함과 새콤함이 균형을 이루는 건 물론이고, 일교차가 큰 고지대에서 자라 밀도가 높아져서 향이 풍성하다.

내 일상도 가볍게 흩날리지 않고, 새콤달콤하면서도 밀도 있게 가득 채워져서 풍성한 향이 나면 좋겠다. 보기에만 번지르르하지 않고, 속이 꽉 찼으면 좋겠다. 그 꽉 찬 밀도는 나 혼자만 알더라도 알차고, 솔직한 삶을 살고 싶다. 일상의 밀도를 조절하고, 빈자리에 즐거움을 채우는 건 전적으로 나의 몫이다. 아무리 맛있는 음식도 계속 먹으면 질리듯이, 행복한 일상도 반복되면 지루해지기 마련이다. 에너지가 없을 때는 푹 쉬어 여백을 만들어주고, 새로움이 필요할 때는 주변 사람들을 나의 선생님으로 만들어 밀도를 높인다. 그 여백을 만들지 말지, 그리고 그 여백을 무엇으로 채울지는 내 손에 달렸다. 당신의 여백에 좋아하는 것들만 꾹꾹 눌러 담을 수 있기를. 그리고 밀도를 채우면서도 공기가 통할 수 있게 숭덩숭덩 공간을 남겨두었으면 좋겠다.

그러기 위해선 나에게 가장 중요한 가치가 무엇인지 생각해보고, 그것을 거름망 삼아 흘러가는 취미들을 거르는 작업이 필요하다.

당신에게 가장 중요한 가치는 무엇인가? 나의 삶은, 당신의 삶은 어떤 균형감과 밀도로 채워질까?

인터뷰

네가 무얼 좋아하는지, 어떤 사람인지 궁금한 걸

일상에서 멋진 걸 발견하면 그냥 넘어가지 못하고, '귀여워!'를 외치며 발걸음을 멈춘다. 사진을 찍어 기록하고, 주변에 알린다. 내가 좋다고 생각하는 걸 더 많은 사람들이 함께하는, '좋아하는 마음'의 합이 늘어나고 증폭되는 과정을 즐긴다. 감탄은 전염성이 짙다. 한 사람이 호들갑을 떨면, 주위도 같이 들썩인다.

어떤 친구는 늘 새로운 것에 관심을 가지고 시간과 마음을 쏟는 이런 모습을 '사랑스럽고 따뜻한 방방거림'이라고 표현했다. 이 표현에도 방방거리고 싶다. 오늘도 '귀여워'라는 감탄사를 300번 정도 외친 것 같다. 종이컵에 쓰여 있는 문장도, 주차 게이트 앞에 쓰여 있는 '행복하세요(하트)'라는 문장도, 진한 핑크색 바지를 입은 할아버지도, 이 세상은 정말 귀여운 것투성이다.

사물이나 풍경뿐만 아니라, 사람도 마찬가지다. 궁금한 사람이 생기면 바짝 다가가는 탓에, 테이블을 마주하고 앉아 있다 보면 나의 물잔은 그 사람 앞까지 미끄러져 있고, 내 자세는 등받이라곤 없는 자리에 앉은 듯 잔뜩 앞으로 나와 있다. 말똥말똥한 눈으로 마치 인터뷰를 하듯이 질문을 쏟아놓으면, 그 모습을 본 친구들이 늘 "황지혜의 인터뷰가 시작되었습니다"라며 진지한 듯 (놀리는) 웃음을 짓는다. '황지혜의 인터뷰'란 그 사람의 관심사와 애정의 방향을 샅샅이 뒤지는 인터뷰다.

지금까지 당신을 가장 웃음 짓게 했던 일은 무엇인지, 이러한 선택을 하게 된 이유는 무엇인지, 당신은 지금 왜 이 일을 하는지, 나이 들면 어떤 삶을 살고 싶은지, 어떤 시간과 계절을 좋아하는지……. 질문의 유형은 다양하지만, 대부분이 그 시기의 내 고민과 맞닿아 있다. 한때는 '사람의 매력은 어디에서 나오는가'가 중요한 주제였고, 한때는

'외로움을 느낄 때는 어떻게 하는지'에 대한 탐구였고, 한 때는 저마다의 '삶의 낙이 무엇인지'를 물었다. 일을 잘하고 싶은 욕심이 커지는 요즘은 '주변에서 본 일 잘하는 사람은 어떤 특징이 있는지' 물어본다. 그렇게 한 번씩 꽂히는 주제에 대해 주변의 생각을 묻고, 답변을 쓸어 모은 다음에 스스로 깊이 생각하다 보면 나만의 답이 정리된다.

사람들의 지혜를 쓸어 모으는 걸 좋아해서 그런지, 인터뷰집도 정말 좋아한다. 평생 딱 한 권만 읽을 수 있다면, 엄지혜 작가의 인터뷰집 《태도의 말들》을 꼽겠다. 저자가 인터뷰한 사람들의 이야기를 소중하게 담아낸 한 쪽 한 쪽이 모두 내 삶의 이정표가 되어준다. 크기도 작고, 가벼운 책이지만, 그 안에 담긴 여러 사람들의 인생은 가볍지 않고, 경험의 폭은 한없이 넓다.

"아이를 위해 기도할 때 빠지지 않는 내용이 있다. 행복감을 자주 느끼는 사람으로 자랐으면 하는 소망. 자기가 행복해지는 순간을 잘 알고 그 시간을 만들기 위해 애쓰는 사람으로 크는 일. 나는 이보다 더 중요한 게 없다고 생각한다. (……) 행복감을 '자주' 느낄 수 있는 재주, 마음의 태도는 어디에서 올까. 자신을 잘 아는 능력에서 온다고 생각한다. 누군가 내 진심을 곡해 없이 받아 줄 때, 내 선의를 세심하게 읽어 줄 때, 누군가에게 작은 도움이 됐을 때, 나는 행복하다. 그래서 이 같은 시간을 자주 만들고자 발을 동동 구르고 눈을 크게 뜨고 다닌다"

- 엄지혜, 《태도의 말들》 중에서, 유유, 2019.

오랜만에 책을 들춰보며 이 문장을 다시 만났다. 이미 예전에 밑줄을 그어놓은 구절이었다. 그때 이 부분을 읽고 나도 행복감을 자주 느끼는 사람이 되고 싶다고 생각했었다. 그 노력의 결과가 지금 내가 쓰고 있는 이 책이다. 유심히 읽어낸 그들의 삶의 지혜를 자연스럽게 내 삶에 녹여내고, 체화하고 있었다. 몇 년이 지난 지금에서야 깨달았다. 경청하는 태도와 존중하고 배려하는 태도, 소소한 일상을 잘 가꾸겠다는 마음가짐까지 모두 책을 읽으면서 생각의 물꼬가 트이고, 행동의 변화가 일어난 것이다.

타인의 태도에서 많은 것을 배운다. 이를테면 《태도의 말들》에 나온 "행복은 소유의 양이 아니라 관계 맺음의 질에 있다"는 말, "새로운 사람이 내게 말을 건넬 때 틈이 있길 바란다"는 말, "순간 반짝이고 사라지는 빛이 아닌 뭉근하고 꾸준한 빛을 만들어내는 사람들이 있다"는 말, "메일 한 줄, 문자 한 줄, 메신저 한 줄에서도 한 사람이 읽힌다"는 말. 책에서 만난 이런 말들은 내 생각과 행동에 변화를 일으킨다. 가끔은 인터뷰집을 보다 보면 직접 살아내며 알아낸 지혜들, 밤마다 고민해 얻은 결론을 이렇게 그냥 받아먹어도 되나 싶기도 하다.

책으로 세상을 탐험하기도 하지만, 만나는 사람마다 붙잡고 물어보기도 한다. 다들 어떤 생각을 하며 살아가는지 궁금해서 자꾸 묻게 된다. 저마다의 세계에서, 각자 다른 일을 하며 사는 당신들은 어떤 삶을 살아가는지, 오늘 당신은 어떤 기분인지, 어떤 걸 좋아하는지, 외로울 때는 어떻게 하고, 어떤 순간에 웃음 짓는지, 원래는 어떤 꿈을 꾸었는지, 어떤 결정을 거쳐 지금의 삶을 살고 있는지, 그럼에도 아직 포기하지 못한 꿈은 무엇이고, 그걸 위해 무엇을 하고 있는지, 어떤 책과 음악을 좋아하고, 이 삶을 어떻게 대하고 있는지, 당신이 생각하는 관계란 무엇이고, 삶은 무엇인지 모든 것이 궁금하다.

그렇게 궁금한 마음이 돌고 돌아 향하는 곳은 '나' 자신이다. 나는 내가 정말 궁금하다.

나에게 이 모든 것은 정말 무엇인지, 스스로 묻고 싶다.

세상의 지혜를 쓸어 담다가, 지혜의 지혜를 모은다. 가장 궁금한 '나'를 인터뷰한다. '잘 살아가고 싶다'는 욕망의 모양은 날마다 조금씩 달라져서, 그 마음을 자세히 들여다봐야 한다. '돈 많이 벌고 싶다' 혹은 '일 잘하고 싶다'처럼 애매하게 뭉개진 말 대신 구체적인 표현을 찾아낸다. 자연 속에서 사랑하는 사람들과 계절을 느끼며 편안하게 살아가는 삶, 그 안에서 내가 잘하는 것으로 선한 영향력을 끼치는 삶. 기본에 충실하며, 부끄럽지 않게 살아가는 삶. 다정하고, 따뜻하게 서로를 끌어안는 삶. 이런 것들에는 언제든지 조금 더 욕심을 내고 싶다.

욕심의 모양을 알아내기 위해 일기장에 매일 오늘의 마음을 적는다. 오늘의 나는 글을 쓰고 싶을까, 쉬고 싶을까, 나가서 걷고 싶을까? 일하고 싶을까, 놀고 싶을까? 당연히 놀고 싶겠지 뭘 묻냐고 하겠지만, 놀랍게도 좋은 책을 읽거나 멋진 서비스를 만드는 사람들의 이야기를 읽으면 일하고 싶은 마음이 올라온다. 아, 정확하게는 일을 잘하고 싶은 마음, 멋진 걸 만들어내고 싶은 마음이다. 그렇게 나의 '오늘의 키워드'는 끊임없이 바뀌어간다.

어쩌면 이 책은 황지혜의 인터뷰집일 수도 있겠다. 나와 사랑하는 사람들의 취미를 담은 '황지혜의 인터뷰집 1권: 취미 편'. 앞으로 나는 또 어떤 인터뷰집을 쓰게 될까? 나의 삶의 지혜, 내가 만난 사람들의 지혜를 수집한 '지혜집'을 차곡차곡 모으고 싶다.

일 벌이기

이야기를 만들고, 사람을 모으고, 누군가에게 영향을 끼치는 일

끊임없이 일을 벌이고 모임을 만드는 사람, 그게 바로 나다. 툭하면 모임에 '클럽'이라는 이름을 붙인다. 점심시간에 책 읽는 모임은 '위 잇 북 클럽We Eat Book Club'(밥 대신 책을 먹는 모임이다. 물론 밥도 먹는다. ENTJ 멤버와 ENFP 멤버의 책 취향이 무척이나 달라서 흥미롭다), 점심시간에 뜨개질을 하는 모임은 '런치 니팅 클럽', 그리고 앞서 이야기한 '테니스테니스클럽'과 '호비클럽'까지. 모임에 클럽이라는 이름을 붙이면 소속감은 두 배가 되고, 기분은 세 배로 좋다.

그중에 유일하게 '클럽'이라는 이름에서 벗어난 모임이 있었으니, 바로 '위 바이 워크We Buy Work'다. 그대로 직

역하면 '일을 사서 하는 사람들'이라는 뜻이다. 위 바이 워크는 일하는 방식에 질문을 던지는 브랜드 '모베러웍스'의 '모쨍이(모베러웍스의 팬덤)' 넷이 모여 시작한 모임이다. 매년 5월 1일 노동자의 날이 되면 모베러웍스는 노동자들을 축하하며, 크게 노동절 행사를 벌인다. 노동절 행사라는 투박한 이름이 붙었지만, 사실은 세상 힙하고 영감이 가득한 팝업 스토어가 열리는 날이다. 우리는 'As Slow As Possible(ASAP)' 문구가 적혀 있는 모베러웍스의 후드티를 입고 행사장에 모였다. 응원하는 마음으로 제품을 사고, 여러 공간을 둘러본 뒤 근처 연남동의 피자가게 'OBPC'로 갔다.

'원바이트 피자 클럽'을 의미하는 OBPC는 대륜이 운영하는 피자 가게다(그러고 보니 이곳의 이름도 클럽이다). 대륜과 인연을 맺게 된 계기는 좀 특별하다. 그를 처음 알게 된 건 '더뉴그레이'라는 시니어 패션 메이크오버Makeover 프로젝트를 통해서다. 더뉴그레이는 몇 년 전 와디즈에서 '우리 아빠 프사 바꾸기' 펀딩을 진행해 큰 호응을 얻었다. 부모님을 옷 잘 입는 힙한 시니어로 탈바꿈시켜주고, 화보까지 찍어주는 프로그램이었다. 당시 나는 시아버지의 메이크오버를 신청했다. 주말 아침 을지로 지하의 바버 샵에서 만나

머리를 다듬고, 멋스러운 옷을 차려입고, 청계천을 지나다니며 사진을 찍었다. 그 사진은 여전히 시아버지의 메신저 프로필 사진이다.

그때 시아버지의 사진을 찍어주었던 사람이 대륜이다. 몇 년 뒤에 다시 만난 대륜은 그사이 연남동에 피자 가게를 차렸다. 그는 피자 가게가 곧 1주년을 맞이해서 기념하고 싶은데 어떻게 해야 할지 모르겠다고 했다. 외관만 화려한 '힙한 핫플'이 되고 싶진 않다며, OBPC의 브랜드 스토리를 들려주었다. 모든 음식의 처음이 바로 한입one bite인데, 그 한입으로 음식을 기억하고 추억하는 대륜은 한 끼의 식사가 중요한 것처럼 한입의 순간도 소중하길 바라는 마음으로, '모든 한입에 마음을 담다'라는 브랜드 슬로건을 만들었다고 한다. 어린 시절 엄마가 한 상 가득 차려주던 음식이 그리워, 피자를 먹으면서도 '한 상 가득' 받는 느낌이 들도록 음식을 큰 상에 내어준다.

이 스토리를 우리만 알기는 너무 아까웠다. 더 많은 사람들에게 알리고 싶었다. 연남동에서 같이 피자를 먹던 모쨍이 4명은 그렇게 OBPC 크루와 함께 1주년 기념 파티를 준비하기로 마음먹었다. 준비 기간은 한 달 남짓. 먼저,

만나기만 하면 일을 벌이는 우리 모임의 이름을 지어야 하지 않겠냐는 말이 나왔다. 1주년 기념 파티 회의를 하던 줌 zoom 모임에서 '위 바이 워크'라는 이름이 탄생했다. 우리는 항상 일을 사서 하는 사람들이었으니, 이름을 정하는 과정도 자연스러웠다. 파도타기를 좋아하고, 연결하는 걸 좋아하고, 브랜드를 좋아하고, 좋아하는 걸 좋아하는 열정 넘치는 4명의 멤버.

1주년 파티 당일, 우리는 OBPC의 스토리를 담은 굿즈를 만들고, 브랜드 크루의 인터뷰 내용을 벽에 붙여 행사를 준비했다. 그리고 DJ를 불러 '진짜 파티' 느낌도 냈다. 매장에 들른 손님들에게 목청 높여 브랜드의 스토리와 굿즈의 의미를 전달했다. 우리는 그런 크루였다. 좋아하는 것들을 더 크게 외치고, 함께 좋아하게 만드는 확성기 같은 역할을 하는 사람들.

좋아하는 게 많은 사람들이라 '좋아하는 것들의 목록'을 담은 일력을 준비하기도 하고(실제로 출시되지는 못했다), 이야기하고 싶은 주제가 생기면 온라인으로 금세 대화방을 만들어 옆에 있는 것처럼 대화를 나누었다. 요즘은 온라인에서 만나는 게 자연스럽다. 오가는 시간도 필요 없고, 점

1st Birthday Party
1ST BIRTHDAY PARTY
OBPC
12, JUNE
ONEBITEPIZZACLUB
ONEBITEPIZZACLUB
ONEBITEPIZZACLUB
OBPC

심이나 저녁 시간처럼 남는 시간에 언제든지 만날 수 있다. 물론 오프라인에서만 나눌 수 있는 것들도 있지만, 코로나 시대를 지나면서 온라인을 통해서도 충분히 연대가 이루어질 수 있다는 것을 체감했다.

주변에서 이런 질문을 많이 한다. 뭐 때문에 그렇게 열심히 사냐고. 이 주제에 대해서 위 바이 워크 크루와 5시간 동안 얘기해본 적이 있다. 정말 우린 왜 이렇게 열심히 살까, 동기 부여 요인이 뭘까, 툭 터놓고 속마음을 이야기하는 시간이었다. 그러면서 깨달은 게 하나 있다. 나는 '일' 그 자체를 좋아한다기보다 '가치'를 만드는 것을 즐기는 사람이라는 걸. 스토리를 만들고, 사람들을 모으고, 사람들에게 영향을 주는 일을 즐긴다. 특히 나의 소소한 말과 행동, 일상이 아주 작더라도 누군가에게 도움이 된다면, 거기서 가치를 찾고 보람을 느낀다. 이건 개인적으로 벌이는 일뿐 아니라, 회사 일에서도 마찬가지다.

'이렇게 하면 재밌을 것 같은데.'

'이런 거 있으면 좋을 것 같은데.'

좋아하는 노래의 앨범 소개 문구를 읽거나, 전시에서 작가의 코멘트를 읽거나, 사진집의 표지를 보거나, 누군가의 응축된 경험을 읽을 때, 내 마음속에서 '해보고 싶은 것'들이 연결되고, 전방위로 확장된다.

향 제품 브랜드 '수향soohyang'의 대표 김수향은 폴인과의 인터뷰에서 "파도가 강해야 올라타는 사람이 생기듯 미미한 에너지로는 사람을 움직이지 못한다"고 말했다. 나도 사람들이 올라탈 수 있는 파도를 만들고 싶다. 쉽게 부서지는 작은 파도도 있고, 길게 서핑을 할 수 있는 큰 파도도 있을 것이다. 그러나 멈추지 않고, 에너지를 주고받으며 파도를 만들어 넘실거리고 싶다. 그 파도에 나도 함께 올라타고 싶다. 그 파도가 누구에게 닿을지 너무 궁금하다.

이것도 취미라면 취미다. 자꾸 일을 벌이고, 사람을 모으는 일들. 하고 싶다는 말을 하다 보면 어느새 새로운 일이 펼쳐지고 있다. '하고 싶다'에서 끝나지 않고, 진짜 무언가를 하게 되는 데는 함께 일을 벌여주는 사람들이 있기 때문이다. 늘 고맙다. 같이 일을 사서 하는 그들에게.

독서와 글쓰기

가장 동경하는 건 읽고 쓰는 나의 모습

나의 여러 가지 모습 중 내가 가장 동경하는 건 차분하게 앉아서 무언가를 읽거나 쓰는 모습이다. 삶에서 비중을 더 늘려가고 싶은 모습이기도 하다.

평소 다양한 분야의 글을 쓰곤 한다. 때로는 일상에서 느끼는 것이나 내 가치관에 대해서, 때로는 일을 하며 배운 점이나 새로운 인사이트에 대해서 쓴다. 어릴 때는 막연하게 작가가 되고 싶다는 꿈을 꿨다. 그때만 해도 '작가'라는 타이틀은 뛰어넘을 수 없는 높은 벽처럼 느껴졌다. 하지만 요즘엔 그 타이틀보다 더 중요한, 우리가 꼭 넘어야 하는 벽이 있다는 생각이 든다. 지금 당장 TV를 끄고 책상에 앉아 글을 쓰겠다는 의지 말이다. 손으로 적든, 노트북을 펼치든 방법은 상관없다. 적겠다는 의지가 중요하다. '일단 한다'는 생각은 많은 걸 바꾼다.

어렸을 때부터 꾸준히 무언가를 써왔다. 대부분은 일기의 형태였는데, 브런치라는 글쓰기 플랫폼이 생긴 뒤에는 브런치에 여러 글을 꾸준히 연재했다. 스페인 산티아고에 다녀와서는 한 달 동안 800km를 걸으며 썼던 일기를 모아 독립 출판물로 펴내기도 했다. 이때 처음으로 직접 책을 만드는 경험을 해볼 수 있었다. 글을 다듬고, 제목을 정하고, 책의 형태를 만들어 인쇄소에 맡기고, 그렇게 물성이 있는 '내 책'을 만났다. 감사하게도 이 책이 많은 사람들에게 닿아 누군가에게는 위로가 되기도, 용기가 되기도, 또 웃음이 되기도 했다.

어느 순간, 나는 콘텐츠 소비자에서 콘텐츠 생산자가 되었다. 그동안 콘텐츠 포식자로서 수많은 글과 노랫말을 폭식한 덕인지, 이제는 조금이나마 내 생각을 정리해 새로운 콘텐츠를 만들어낼 수 있게 된 것 같다. 콘텐츠를 좋아하는 마음이 흘러넘쳐 글이 된 게 아닐까.

사람들은 자기가 듣고 싶은 이야기를 쓴다. 스스로에게 하고 싶은 말과 잊고 싶지 않은 태도를 노랫말에 담기도 하고, 글에 담기도 한다. 이 책의 이야기들도 결국 내가 나에게 하고 싶은 말이다. 겁이 많아지고, 귀찮아지고, 내가 누릴 수 있는 세상을 스스로 한계 짓고 있다고 느껴질 때, 이 책을 펼쳐보면서 "뭘 그렇게 웅크려 있어. 세상에 재밌는 게 얼마나 많은데. 드넓은 우주에서 살다 가는 이 짧은 시간을 더 맘껏 누리자" 하고 다시 마음을 가다듬을 수 있도록.

마냥 흘러가는 시간이 그저 흘러가지 않게 짧게라도 현재를 기록하고 싶다. 가끔 핸드폰 메모장이나 일기장을 펼쳐보면 '내가 이때 이런 생각을 했구나' 싶을 때가 있다. 작년에 쓴 글, 지난주에 남겨둔 메모, 오늘 아침에 적은 일기 한 줄…… 과거의 글은 지금의 나에게도 묵직한 메시지와 울림을 준다. 흘려보내면 다시 오지 않을, 그때의 내가 들려주는 이야기들. 그때만 할 수 있는 생각이 있고, 경험이 있다.

LES ALPES

글을 쓰는 것만큼 읽는 것도 좋아한다. 특히, 인디 록 밴드 '언니네이발관'의 리더였던 이석원 작가 그리고 사랑을 이야기하는 유지혜 작가를 좋아해서 이들의 신간이 나오면 주저 없이 산다. 찌질함 속의 솔직함과 사랑과 낭만을 이야기하는 그들의 글이 정말 좋다. '생각만 해도 좋은 한 가지'라는 주제로 쓴 에세이 '아무튼 시리즈'도 좋아한다. 지금까지 여름, 문구, 요가 등 다양한 주제로 책이 나왔는데, 이 책들을 읽을 때마다 좋아하는 한 가지를 가지고 책 한 권을 쓸 만큼의 큰 애정이 글에서 느껴져서 좋다. 나에게 사랑과 나다운 선택, 맑은 눈빛과 건강한 마음, 모험심과 자유에 대해 알려준 건 방 한편에 놓여있는 다양한 작가들의 글이었다.

여행을 갈 때는 꼭 책을 여러 권 챙겨간다. 딱히 읽고 싶은 책이 없을 때는 가장 먼저 여행지의 서점에 들러 책방 주인장이 취향에 따라 선별한 책 몇 권을 들고나온다. 여행 내내 자기 전에, 바다 앞에서, 술 한잔하며 읽다 보면, 여행을 하며 느낀 것들이 곱절이 되어 생각의 폭이 넓어지거나, 혼란스럽던 생각이 한 방향으로 수렴된다. 여러모로 좋다. 밑줄을 그어 가족들에게 보여주고, 소중한 사람들에게 선물하기도 한다. 나는 이런 문장에 공감하고, 이런 태도로 살아가고 싶다는 말을 책을 통해 전달한다. 이 자리를 빌려 나 대신 그런 목소리를 내어준 모든 저자들에게 고맙다는 인사를 꼭 하고 싶다.

책을 선물 받고, 선물하는 일은 내게 무척이나 소중한 일이다. 내 삶에 깊이 들어온 이야기를 다른 이의 삶으로 흘려보내고, 또 나도 그들의 삶에 스며드는 일이기 때문이다. 크리에이터 클럽에서 '나를 쓰다'라는 글쓰기 모임을 진행한 적이 있다. 《어린 왕자》를 읽으며 '나'에 대해 알아보는 모임으로, 우리는 2주에 한 번 모여 글을 쓰고, 쓴 글을 보여주고, 경험과 생각을 공유했다. 모두 다른 배경에서 살아온 사람들이어서 모임을 할 때마다 세계가 순식간에 확장되곤 했다. 모임의 마지막 날, 한 멤버가 묵직한 가방에서 여러 권의 책을 꺼냈다. 8주 동안 멤버들의 글을 읽으면서 각자에게 어울릴 만한 책이 무엇인지 생각하다가 챙겨온 것이었다. 분야도 장르도 모두 다른 그 책들은 그가 읽은 우리의 모습이었다. 우리는 그 책을 읽으며 다시 한번 그의 마음을 읽었다. 그가 나에게 준 책은 밀란 쿤데라의 《정체성》이었다. 상대를 사려 깊은 마음으로 관찰하고, 세심하게 들여다보아야 줄 수 있는 선물이라는 점에서 오랫동안 기억에 남았다.

내가 모으는 책들, 내가 읽는 책들에는 내가 어떤 사람이 되고 싶은지가 나타나 있다. 독서는 내가 되고 싶은 모습들을 수집하고, 나를 완성해가는 과정이 아닐까. 닮고 싶은 삶의 태도를 기록하고, 중요한 가치가 무엇인지 기록하고, 나아지고 싶은 점들을 기록한다. 그리고 책 속의 선배들, 나보다 먼저 인생을 살아간 사람들의 이야기를 모은다. 나이와 상관없이 다른 세계를 살아가는 사람들의 이야기도 환영이다. 물론 이 세계에 실존하지 않는 가상의 소설 또한 환영이다. 모든 세계의 모든 이야기를 통해 내가 경험하지 못한 삶의 태도를 받아들이고, 나의 거름망에 걸러 흡수한다.

책 한 권에서 딱 한 문장이라도 내 마음에 닿는 문장을 만난다면 그 자체로 행운이다. 그 한 문장을 잊어도 괜찮지만, 종종 떠올릴 수 있다면 더 큰 행운이다. 다른 책을 읽다가 그 문장이 떠올라 다시 파도타기를 하게 된다면, 읽는 순간 '아!' 하는 마음과 함께 어떤 걸 해보고 싶다는 마음이 일렁인다면, 그 또한 행운이다. 책을 읽으며 만난 행운이 정말 많다. 그래서 자꾸 읽고 싶다. 궁금하다. 당신이 읽은 그 책에는 어떤 마음과 경험이 담겨 있을지.

- 나만의 호비 노트 만들기 -

내가 어떤 사람인지 알고 싶다면, 이 질문에 직접 답을 적어보세요. 답을 떠올리는 동안 자연스레 내 취미와 취향에 대해 더 깊이 알게 될 거예요.

1. 가장 나답다고 느끼는 순간은?

2. 내게 가장 가치 있는 일은?

3. 내가 생각하는 취미란?

4. 내내 옆에 두고 읽고 싶은 책은?

- 작가의 호비 노트 엿보기 -

1. 가장 나답다고 느끼는 순간은?

솔직하게 사랑을 표현하는 순간. 좋은 것에는 재고 따지는 것 없이 그냥 해버리는 모습.

2. 내게 가장 가치 있는 일은?

좋아하는 마음을 나누는 일. 좋은 것을 더 널리 알리는 일. 사랑을 느낄 수 있도록 가득 채우는 일. 도전과 여유 사이에서 균형을 찾을 수 있도록 돕는 일. 자신만의 이야기를 꺼낼 수 있게 돕는 일.

3. 내가 생각하는 취미란?

사랑, 즐거움, 행복, 성취감, 짜릿함, 생경함, 편안함, 든든함…… 이런 감정을 느끼게 하는 모든 행동.

4. 내내 옆에 두고 읽고 싶은 책은?

《태도의 말들》, 《일의 격》. 일하고, 살아가는 태도를 꾸준히 되새기고 싶다.

에필로그

그래서 계란은 반숙이 좋아요, 완숙이 좋아요?

이 책에는 '좋다'라는 말이 수십 번, '좋아'라는 말이 수백 번이나 나온다. '좋아하다'를 사전에서 찾아보면 이렇게 나온다.

좋아하다

1. 어떤 일이나 사물 따위에 대하여 좋은 느낌을 가지다.
2. 특정한 음식 따위를 특별히 잘 먹거나 마시다.
3. 특정한 운동이나 놀이, 행동 따위를 즐겁게 하거나 하고 싶어 하다.
4. 기쁘거나 즐거운 감정을 밖으로 나타내다.

좋아한다는 말의 정의만큼 이 책을 잘 설명해주는 것이 있을까. 좋은 느낌이 들었던 사소한 순간들부터, 잘 먹고 마시는 일, 즐거운 운동과 모험, 그리고 기쁜 마음을 나누는 일까지, 좋아하는 마음이 만들어낸 장면들이 곳곳에 담겨 있다. 혼자 소소하게 기뻐하던 마음은 울림을 타고 주변으로 흘러 들어가고, 자연스레 그 반경을 넓혔다.

좋아하는 마음은 언제나 사소한 질문에서 시작된다.

"내가 책 읽고 따릉이 타는 거 좋아한다는 거, 36년 만에 처음 알았어."

우리 팀 과장님의 고백이다.

워낙 좋아하는 게 많고, 매일 재밌는 것들을 접하다 보니 주변에 많이 추천하기도 하고, 주변 사람들은 뭘 좋아하는지 귀찮을 정도로 세세하게 물어보는 편이다. 내가 궁금해하는 것들은 대부분 누군가에겐 '쓸데없는 것'이다. 계란은 반숙이 좋은지, 완숙이 좋은지. 만두국에는 떡이 많은 게 좋은지, 만두가 많은 게 좋은지. 어떤 시간이 가장 행복한지, 최근 가장 평화로웠던 때는 언제였는지. 어느 시간대의 햇빛을 좋아하는지.

정-말 사소하고 쓸데없어 보이지만, 그 사소한 것에서부터 내가 '뭘 좋아하는지' 알게 되면, 밥을 먹는 순간에도, 길을 걷는 순간에도 조금 더 구체적으로, 그리고 조금 더 많이 행복감을 느낄 수 있다.

과장님도 처음에는 비슷한 반응이었다. 새로 들어온 사람이 자꾸 귀찮게 이것저것 물어보니 "근데 진짜 할 말이 없어서 물어보는 거예요? 아니면 진짜 궁금해서 물어보는 거예요?"라고 대답하기도 했으니까. (그날은 점심시간에 산책을 나가며, 핸드폰 가게를 지나가다가 Z플립을 산다면 가로로 열리는 걸 살 건지, 세로로 열리는 걸 살 건지 물어본 날이기도 하다. 난 정말 궁금해서 물어봤고, 과장님은 진심으로 할 말이 없어서 물어본 줄 알았다고 한다.)

나는 이후로도 매일 과장님에게 무엇을 좋아하는지 새로운 질문을 던졌고, 전날 봤던 좋은 책과 브랜드, 좋은 문구와 서비스를 추천했다. 그렇게 사계절이 지났다. 과장님은 회사 앞 양재천을 산책하며, 모든 그림자와 나무, 풍경에 '좋다', '귀엽다' 감탄사를 남발하는 나와 함께 길을 걸었다.

어느 봄날이었다. 회사 앞에 있는 따릉이를 보고 과장

님이 먼저 말을 꺼냈다. "점심 때 자전거 타고 멀리 갔다 와 볼까?" 우리는 그렇게 점심시간에 따릉이를 타고 떠나는 작은 일탈을 했다. 과장님은 그날 이후 10시 넘어 야근을 한 날에도 혼자 집까지 따릉이를 타고 갔다.

처음 '취미가 뭐냐'는 질문을 들은 날, 과장님은 굉장히 벙쪘다고 한다. 주변에서 단 한 사람도 취미가 뭐냐는 질문을 한 적이 없었고, 별로 생각해볼 일도 없었다고. 그 질문을 받은 이후로 남편에게도, 주변 친구들에게도 취미가 뭐냐고 물어봤지만, 다들 깔깔깔 웃으며 "뭐 그런 걸 물어보냐"고 간지럽다는 반응이었다고 한다. 그 간지러운 질문이 몇 개월 동안 과장님의 마음을 간지럽혔다. 내 취미는 뭘까, 나는 뭘 좋아할까, 고민한 끝에 그녀는 가장 좋아하는 몇 가지 순간을 찾아냈다.

조용한 카페에 앉아 책을 읽는 시간, 따릉이를 타고 집까지 달려가는 시간, 아무 생각 없어질 정도로 오래 걷는 것, 달리면서 감각에 집중하는 일. 쓸데없고, 간지럽다고 느껴졌던 질문들, 어떤 걸 좋아하는지, 언제 행복한지 곱씹어 볼수록 궁금해져, 스스로를 돌아보니 새로운 자신을 발견할 수 있었다. 요즘 과장님은 그 시간을 열정적으로 사수한다. 일상을 잘 챙기고 있는지 수시로 확인하며 에너지가 필요할 때면 좋아하는 것을 찾아 떠난다.

일상에서 마주하는 것들을 관찰하고, 그게 왜 좋은지 생각하고 기록해두는 건 나의 오래된 습관이다. 그런 나를 보며, 종이컵에 써 있는 문장이 도대체 왜 귀여운지, 나뭇잎에 비친 그림자가 도대체 왜 오리 모양으로 보인다는 건지, 카페 화장실 벽에 붙어 있는 저 문장을 왜 찍고 있는 건지 갸웃거리던 과장님도 이젠 달라졌다. 좋아하는 카페 구석에 붙어 있는 소개 글에 감탄하고, 나에게도 알려준다. 평소 같았으면 커피를 주문하고 바로 자리로 갔을 텐데, 사진을 찍어두는 자신의 모습이 새롭다고 했다. 자꾸 새로운 것을 하자고 말해줘서, 좋은 것을 나누어줘서 고맙다고 말했다. 과장님이 써준 편지에는 이런 문장이 있다.

메마른 땅에 단비가 내려 싹을 틔우듯 지혜를 알게 된 후 하루하루 나를 찾는 재미에 빠졌어요.

당연하게 배어 있던 습관과 행동, 태도가 누군가에겐

새로운 '질문' 자체가 될 수 있다. 모두가 '좋아하는 마음'을 구체적으로 잘 꺼내놓았으면 좋겠다. 완숙을 좋아하는지, 반숙을 좋아하는지 같은 사소한 질문들을 쌓아 올리며 더 크게 감탄하는 건강한 삶을 살아갔으면 좋겠다.

모든 사람이 나의 취미 생활을 전적으로 지지해주지는 않는다. 누군가는 "하나에 좀 집중해봐. 너무 중구난방 아니야?"라며 생산성을 찾으려 하고, 누군가는 "하고 싶다는 말 좀 그만해, 너는 맨날 놀 생각만 해?"라고 타박을 주기도 한다. 하지만 나는 마냥 놀고 싶은 사람도 아니고, 내가 하는 모든 행동에서 생산성을 내려는 사람도 아니다. 누군가에게 보여주고 싶은 것도 아니고, 과시하고 싶은 것도 아니다. 그저 한 번 주어진 내 인생을 힘껏 누리고 싶고, 지금 내가 찾을 수 있는 행복을 발견하고, 내가 좋아하는 것들을 찾아내어 더 많이 웃으며 살고 싶을 뿐이다.

일회적으로 소비되는 쾌락보다는 건강한 즐거움을 향유하고 싶다. 내가 어떤 걸 좋아하는지 잘 알면 에너지가 필요할 때, 일상이 무너지지 않게 훌쩍 떠날 수 있다. 나만의 방식으로, 평생에 걸쳐 나의 생을 누리는 법을, 나를 사용하는 방법을 아는 것이 중요하다.

70살의 어느 날, 차곡차곡 쌓아온 사소하고, 거대한 취미들을 잘 누리고 있는 할머니가 된 나를 상상해본다. 앞으로 남은 40년 동안 무엇을 새롭게 배우고, 깊이 파고들면서 내 세상을 넓히게 될까. 70살의 나는 빈 시간을 어떻게 보내고 있을까. 확실한 건 '뭐 하지?' 고민하지 않고, 좋아하는 일에 풍덩 빠져들어 마음껏 유영하고 있을 거라는 사실. 그리고 그 옆엔 사랑하는 사람들도 활짝 웃고 있었으면 좋겠다. 나의 행복의 재료는 사랑이니까. 조금 느끼한가 싶지만, 내 사랑을 담아내기엔 이 표현도 너무 담백해서 어쩔 수 없다. 많은 사람들이 더 자주 웃는 표정이면 좋겠다. 이 책을 읽는 당신도.

마지막으로 물어보고 싶다. 당신은 완숙을 좋아하시나요, 반숙을 좋아하시나요?

Hobby Club

사계절 취미 잡화점, 호비클럽으로 오세요

초판 1쇄 발행 2023년 4월 11일

지은이 황지혜
펴낸이 성의현
펴낸곳 (주)미래의창

편집주간 김성옥
책임편집 최소혜
디자인 공미향
홍보 및 마케팅 연상희 · 이보경 · 정해준 · 김제인

출판 신고 2019년 10월 28일 제2019-000291호
주소 서울시 마포구 잔다리로 62-1 미래의창빌딩(서교동 376-15, 5층)
전화 070-8693-1719 **팩스** 0507-1301-1585
홈페이지 www.miraebook.co.kr
ISBN 979-11-92519-50-0 03810

※ 책값은 뒤표지에 있습니다.

생각이 글이 되고, 글이 책이 되는 놀라운 경험. 미래의창과 함께라면 가능합니다.
책을 통해 여러분의 생각과 아이디어를 더 많은 사람들과 공유하시기 바랍니다.
투고메일 togo@miraebook.co.kr (홈페이지와 블로그에서 양식을 다운로드하세요)
제휴 및 기타 문의 ask@miraebook.co.kr